30억 빚을 진
내가 살아가는 이유

이 책을 소중한

____________________님에게 선물합니다.

______________________________ 드림

희망으로 시련을 딛고 기적을 만든 감동 에세이

30억 빚을 진 내가 살아가는 이유

박종혁 지음

위닝북스

PROLOGUE

세상에 극복하지 못할 시련은 없다

'사람들은 아침에 눈을 뜨면 어떤 기분일까?'

20대의 나는 돈을 벌고 싶은 욕심에 무리하게 사업을 추진했다. 그리고 그 과정에서 감당하기 힘든 빚을 지게 되었다. 빚은 나에게 수많은 시련과 고통을 가져다주었다. 그리고 많은 사람들을 잃게 만들었다. 그렇게 20대의 선택은 내 인생을 송두리째 흔들어 버렸다.

나는 삶을 포기하고 싶을 정도로 고통 속에서 살아왔다. 지금을 버티고 있다는 게 신기할 정도로 내 삶은 피폐해졌다. 미래를 생각하는 것이 사치인 것처럼 느껴지기까지 했다. 하지만 무엇보다 나를 고통스럽게 만든 건 친한 지인들이었다. 평생 함께하자던 지인들은 지금 나의 채권자다. 친했던 사람에게 듣는 비난과 압박은 물질적인 빚보다 몇 배의 고통을 주었다.

하지만 나는 견뎌야 했다. 나의 사람이 있고, 내 삶이 있었기 때문이다. 나는 매 순간 나를 믿고 기다려 주는 사람들을 위해 버티며 살아왔다. 현재 나는 밤낮을 가리지 않고 전국을 돌며 일을 하고 있다. 지옥 같은 현실에서 내 삶을 되찾기 위해 고군분투 중이다.

보통 어려운 상황에 직면하게 되었을 때, 평생 관계를 이어나갈 수 있는 사람과 그렇지 않은 사람들로 분류된다고 한다. 나 역시 연이어 일어난 불행한 일을 겪으면서 많은 사람들을 잃고 생각지도 못한 사람들과 돈독해졌다. 상황은 사람을 만들고, 본모습을 드러내게 해 주었다.

사람은 실패와 좌절을 겪으며 자신의 한계를 느끼게 된다. 하지만 사람은 생각하는 것보다 조금 더 견뎌 낼 수 있다. 수많은 시련의 과정을 거치면서 나는 오히려 희망을 얻었다. 여러 번 넘어진 사람은 한 번도 넘어지지 않은 사람보다 더 깊은 인생의 의미를 깨닫게 되는 법이다.

이제 나는 새로운 미래를 그리며 재기를 꿈꾼다. 한때의 실수가 부른 파장을 견뎌 낸 지금의 내 삶은 열정적으로 변했다. 나는 실패를 통해 실패야말로 성공을 위한 기반이 된다는 교훈을 얻었다.

내가 이 책《30억 빚을 진 내가 살아가는 이유》를 집필한 이유는 평범한 삶을 사는 사람들에게 위로를 전하기 위해서다. 시련을 마주한 사람들의 두려움의 크기는 무엇과도 비교할 수 없을 것이다. 하지만 감당할 수 없는 시련 속에서 내가 느낀 것은 모든 시련은 싸워서 이겨 낼 수 있다는 것이다.

지금에 와서 내가 후회하는 것은 오히려 스스로를 비난한 것이다. 힘들고 고통스러울 때 사람들은 무조건적으로 내 편이 되어 주길 소망한다. 이기적인 욕심 때문이 아니다. 인간이 나약하기 때문에 생긴 본성이다. 나는 내 평범하지 않은 삶이 담긴 이 책으로 많은 사람들이 위로를 받길 바란다. 세상에 극복하지 못할 시련은 없다. 다만 내가 어떠한 의지를 갖고 있느냐가 중요하다.

이 책이 나오기까지 도움을 주신 '한국책쓰기1인창업코칭협회'의 김태광 대표 코치님과 '위닝북스'의 권동희 대표님께 감사드린다. 말하는 것조차 기피했었던 나에게 성공해서 책을 쓰는 게 아니라 책을 써서 성공하라는 의식을 심어 주셨다. 빚에 허덕이던 내 삶에 희망을 꿈꾸게 만들어 주셨다. 그리고 이 책을 만들어 주신 위닝북스 직원분들께 특별히 감사드린다.

마지막으로 힘든 현실에서도 나를 끝까지 놓지 않고 사랑으로 붙잡아 준 어머니와 동생, 그리고 지인들께 사랑한다고 전하고 싶다. 또

한 내 옆을 지켜 주며 잔소리 해 주는 보금이와 사랑스러운 가비에게 고마움을 전한다.

2019년 10월

박종혁

| 차 례 |

PART 2

나는 수많은 시련 속에서 많은 것을 배웠다

내가 빚을 갚아 가는 진짜 이유

빚더미 속에서 얻은 8가지 깨달음

PART 5 30억 빚을 진 내가 꿈을 꾸는 이유

PART 1

30억 빚이 내게서 모든 것을 빼앗아 갔다

- 01 -

내가 30억 빚을 지게 된 이유

중고차 시장에 발을 들이게 된 계기

어릴 때부터 나는 호기심이 많고 하고 싶은 일은 꼭 해야만 직성이 풀리는 아이였다. 그런 나에게 어머니는 하고 싶은 것은 모두 할 수 있는 환경을 만들어 주기 위해서 노력하셨다. 그래서인지 나는 매사에 자신감이 넘치고 겁이 없었다.

나는 어머니가 처음 사 주신 SM5 차량을 파는 과정에서 중고차 딜러와 인연을 맺게 되었다. 평소 나는 나에게 주어진 일을 열심히 했다. 특히 시간에 엄격해서 항상 출근시간보다 30분, 1시간 전에 도착해야 마음이 편안해지는 성격이었다. 그러던 어느 날, 나를 지켜보던 자동차 딜러가 중고차 매매를 배워 보라고 권유했다. 나는 차에 대해 아는 것이 없었기 때문에 과연 영업을 잘할 수 있을지 의구심이 들었다. 그러나 지금 하는 일보다 더 많은 돈을 벌 수 있다는 말에 이내 중고차 영업을 배우기로 결심했다.

중고차 시장에 가니 수입차가 많이 전시되어 있었다. 평소에는 엄두도 낼 수 없었던 비싼 차에 타서 시동을 걸어 보고, 시운전도 해 봤다. 너무 즐거웠다. 그런데 막상 일을 한다고 생각하니, 이 차를 어디에 가서 누구에게 팔아야 할지 걱정이 앞섰다. 당시 내 친구들은 아직 직장생활을 안 해 보거나 군인 신분이어서 누구에게 조언을 구할 수 있는 상황도 아니었다.

먼저 나는 온라인 카페를 만들고 자동차 사진을 찍어서 일을 시작해 보기로 했다. 몇 차례 문의가 오고 차를 매매하는 방법을 배웠다. 함께 일하는 분들과 저녁을 먹으면서 이런저런 얘기를 나누며 친분을 쌓았다. 그리고 나는 그들에게서 차를 직접 팔면 돈을 더 많이 벌 수 있다는 말을 듣게 되었다. 욕심이 생긴 나는 직접 차를 팔고 싶다고 했다.

이때부터 일이 꼬이기 시작했다. 나는 없는 돈을 끌어 모으고, 어머니에게 부탁해서 자금을 만들기 시작했다. 중고차를 200만 원에 구입해서 300만 원에 되팔 수 있다는 게 너무 신기했다. 자동차 한 대를 팔면, 한 달을 열심히 일해야 겨우 벌 수 있는 돈을 벌 수 있었다.

비싼 돈 주고 산 뼈아픈 경험

나는 자금이 많을수록 더 많이 벌 수 있다는 생각으로, 450만 원의 이자를 내고 1억 원을 빌려 장사를 시작했다. 큰돈으로 매매를 진행하다 보니 비싼 차도 매입할 수 있어서 너무 좋았다. 수입도 이전보다 훨씬 나아졌다. 수입이 높아지다 보니 영업 사원들과 어울려 술을 마시는 날이 잦아졌고, 씀씀이도 커졌다. 돈이 돈을 번다는 말이 실감났다. 그때부터 나는 은행에 적금을 넣으면서 한편으로는 세상이 만만해 보이기 시작했다. 그리고 주제에 맞지 않게 건방진 생각과 행동들을 했다. 그러던 중, 나는 한 친구에게서 "보험 회사의 사고 차량을 수리해서 되파는 방법도 있다."라는 말을 듣게 되었다. 처음 듣는 방법에 귀가 솔깃했다. 친구의 이야기를 자세히 들었다. 친구가 말하는 일은 보험 회사에서 사고 차량을 헐값에 매입해 수리한 다음 수입차 공장에 되파는 것이었다.

공장에서 수리해서 판매하면 더 많은 수익을 낼 수 있다는 말에 한번 해 보기로 했다. 그 당시에는 RX350 차량이 인기가 많았다. 이 차량은 3,500만 원이라는 금액에 매입에서 수리까지 모두 끝낼 수 있다고 했다. 친구의 말에 의하면 매우 높은 수익을 낼 수 있는 일이었다.

먼저 돈을 보내 달라는 친구의 말에 나는 아무 의심 없이 송금했다. 이후 사무실에서 친구를 만날 때마다 언제 차량 수리가 끝나는지 물어보았지만, 친구는 부품을 구하는 데 시간이 걸릴 테니 조금만 기다려 달라고 했다. 너무 자주 물어보면 귀찮아하고, 불편해할 것 같아서 이후에는 차량과 관련된 이야기는 하지 않고 무작정 기다려 보기로 했다. 저렴한 가격에 샀으니 시간이 오래 걸리더라도 어쩔 수 없는 일이라고 생각했다. 하지만 한 달이 지나도 수리 중이라는 대답만 돌아왔다. 그렇게 시간이 흘러 5개월 후에 수리가 끝났다고 연락이 왔다. 그제야 마음이 놓였다. 나는 사무실에서 차가 도착하기만을 기다렸다. 마침내 차가 도착했다. 그런데 차에서 이상한 소리가 났다. 무언가 찜찜한 기분이 들었고, 나는 정상적인 차량이 아니라는 느낌을 강하게 받았다. 그래서 가까운 수입차 정비센터에 가서 차 상태를 점검했다. 점검 후 센터에서 들은 말이 너무 충격적이었다. 엔진과 미션부터 교체해야 한다는 것이었다. 눈앞이 캄캄해졌다.

나는 비싼 돈을 지불한 뒤에야 잘못된 방식이라는 것을 깨달았다. 돈을 쉽게 벌 수 있다는 유혹에 넘어갔다는 자괴감에 후유증이 오래 갔다. 정신을 차리기 위해 일을 하려고 해도 그 어떤 일도 잘 풀리지 않았다.

그리 길지 않은 제2의 도약

꽤 오랜 시간이 흐르고, 나는 다시 열심히 일하기로 마음을 다잡았다.

중고차 매매에는 벤츠나 BMW, 아우디, 폭스바겐 이렇게 4개 수입차 매장의 딜러들과 계약을 하거나 고객이 타던 중고차의 견적을 내

주고 이를 구입해서 정비하고 되파는 방법이 있다. 거래 방식에 메리트가 있어 보여서 나도 시작해 보았다. 처음 견적을 요청받은 건 미니쿠퍼였다. 이후 골프 등 다소 고가의 차들의 문의가 연이어 들어왔다. 다시 일이 풀리기 시작한 것이다. 너무 신나고 기분이 좋았다. 하지만 이 방법은 내가 재미를 느꼈던 것과는 별개로 실제 거래까지 이루어지는 경우가 드물었다.

한번은 벤츠 신차 영업소의 과장님께 왜 문의하는 고객들은 많은데 거래까지 이어지지 않는지 하소연했다. 과장님은 중고차의 매입 금액이 낮아서 계약이 잘 안 되는 것 같다고 대답했다. 그래서 나는 다른 곳보다 몇십만 원 정도 더 주는 조건으로 영업 방식을 변경했다. 하지만 이전의 사건을 겪으면서 내 수중에는 8,000만 원이 전부였다. 수입차 영업을 하기에는 부족한 자금이라는 생각이 들었다. 그래서 결국 전처럼 1억 원을 추가로 빌리게 되었다.

처음에는 거래가 끊이지 않고 수입도 좋은 편이어서 이자율이 높다는 생각을 하지 못했다. 하지만 입학식, 졸업식, 명절 등이 껴 있는 시기에는 성과가 다른 때와 달랐다. 그러던 중에 벤츠 KCC에서 일하는 한 영업 사원으로부터 벤츠 GLK차량과 ML차량이 매물로 나왔다는 연락을 받았다. 나는 그에게 연락을 취했다. 그리고 그에게서 회사의 계좌로 선 입금을 해 달라는 요청을 받았다. '벤츠'라는 큰 회사에서 근무하는 영업 사원이라서 별다른 문제는 없을 것이라 생각했다. 나는 즉시 1억 원을 송금했다. 그리고 연락이 오기만을 기다렸다. 하지만 연락은 오지 않았다. 결국 내가 먼저 연락을 취했다. 여전히 연락이 되지 않았다.

불안한 마음에 전시장에 찾아갔다. 실제로 그가 다니는 회사는 그 자리에 있었다. 또한 그와 함께 일하는 동료들도 있었다. 그렇게 나는 그가 중고차 두 대를 회사 통장이 아닌 불법 통장을 만들어 이미 수차례 거래를 했다는 사실을 알게 되었다. 이후 그의 사정을 알아보니 그는 인터넷 도박으로 빚을 지고 그 빚을 갚기 위해 사기를 친 것이었다. 당시 나는 비싼 이자를 주고 빌린 돈을 잃어버렸다는 생각에 머릿속이 하얬다. 그러던 와중에 나에게 돈을 빌려준 친구가 돈이 급하게 필요하다며 빌려준 돈의 절반을 보내 달라고 연락을 해 왔다.

사라진 1억 때문에 머릿속이 복잡했다. 당장 해결책이 떠오르지 않았다. 아무리 고민해 봐도 방법이 떠오르지 않았다. 시간이 흘러 이자를 납입할 날이 왔고, 우선 나는 이자를 송금했다. 하지만 이후 상황은 손을 쓸 수 없을 정도로 커지기 시작했다. 이런 사정을 누구한테도 말할 수 없었다.

나는 벌려 놓은 일을 수습해 보겠다는 생각에 잘 알지도 못하는 모자가게를 오픈했다. 내가 잘 모르는 분야였기 때문에 자금만 투자하기로 하고 동대문에서 장사한 경험이 있는 선배에게 부탁해서 부평역 지하상가에 3호점까지 내고 장사를 시작했다. 처음에는 오픈 효과였는지 장사가 잘되었다. 나는 자동차 관련 업무가 끝나면 지하상가에 가서 일을 도왔다. 그런데 두 달이 지나자 손님이 뚝 끊겼다. 모자만으로는 부족하다고 판단했다. 형과 상의해 보고 모자 외에 품목을 더 늘리기로 했다. 그래서 향수와 보조 배터리를 추가로 들여왔다. 그러자 손님들이 오는 듯했다. 하지만 그것도 한때였다.

수입이 없어도 직원들의 월급과 가게의 월세는 반드시 지불해야 했다. 하지만 자동차 매매로 벌어들이는 수입으로는 대출 이자와 월세, 그리고 직원들의 월급을 감당하기에는 너무 빠듯했다. 장사가 잘 안 되니까 선배와도 서먹했다. 결국 나는 사업을 망하고 사람도 잃었다. 모두 내 잘못이었다. 잘 알지도 못하는 사업에 뛰어들어서 문제를 더 크게 만들었다. 한참 지나서야 깨닫게 된 사실이지만 문제가 발생했을 때 지인들에게 먼저 알리고 일을 수습했어야 했다. 당시 나는 그저 망연자실해 있었다. 그러는 동안 일은 점점 걷잡을 수 없이 커지고 있었다. 너무 힘들어서 모든 걸 포기하고 싶었다. 하지만 나를 믿어 주는 여자 친구와 내가 힘들 때마다 걱정하고 격려를 아끼지 않았던 지인들 덕분에 아무리 힘들어도 이를 악물고 견뎠다.

나를 악착같이 뛰게 하는 원동력

나는 사람들의 사탕발림에 넘어갔고, 잘 알지도 못하는 모자 사업에 뛰어들어 엄청난 손해를 보았다. 이 문제의 근본적인 원인은 바로 돈에 대한 내 욕심이었다.

매일 힘겹게 견뎌야 했다. 나는 포기하고 싶다는 생각보다 어떻게든 살아야겠다는 생각이 강했다. '30억'이라는 엄청난 금액의 빚을 지었지만 나를 도와주는 사람들의 호의에 보답하고 싶었다. 그래서 더욱 포기할 수 없었다. 그들의 응원은 나를 악착같이 뛰게 하는 원동력이었다.

- 02 -

나날이
늘어나는 이자

빚은 가족의 삶까지 빼앗았다

모자 사업까지 실패한 후, 나는 폐인이 되었다. 일반적으로 이렇게 큰일을 겪게 되면 처음에는 정신적인 충격을 받는다. 그리고 '이 상황이 현실일 리 없어. 이건 꿈일 거야'라고 생각하며 현실을 부정하게 된다. 그러다 이내 이 끔찍한 상황이 현실이라는 것을 받아들이며 자신에게 끊임없이 질문을 던진다. 나 또한 현실을 부정하다가 받아들이는 과정을 거치면서 '어쩌다가 이렇게 빚이 불어난 거지?', '내가 뭘 그렇게 잘못했다고 이렇게 큰 금액을 갚아야 하는 거야?', '이 돈을 다 갚으려면 도대체 어떻게 해야 하는 걸까?'라는 질문들을 스스로에게 던졌다. 계속되는 질문을 묻고 답하자, 오히려 나 자신을 잃어버리는 것 같았다. 당시 나는 그저 본능적으로 빚을 갚고 살아남기 위해서 일을 하기 시작했다. 하지만 얼마 지나지 않아 절망에 빠져 일에서 손을 놓아 버리기 일쑤였다. 삶에 대한 의욕을 잃어버린 채 자신감도 상실한 나는 대부분의 시간을 절망적인 현실에 대한 원망으로 보냈다. 그 와중에도 이자는 기하급수적으로 늘어만 갔다. 갚고 또 갚아도 줄어들지 않는 이자는 나를 따라다니며 괴롭혔다. 이자만 한 달에 2,000만 원을 내야 하는 상황이었다. 이자로 갚아야 하는 총 금액을 확인하자 그동안 내가 얼마나 높은 이자율로 돈을 빌렸는지 뒤늦게 깨달을 수 있었다.

실패를 경험하면서 나는 한동안 이성을 잃었다. 일할 의욕마저 상실했고 머릿속은 온통 원망으로 가득했다. 매일 일을 해도 상황은 변하지 않았다. 비정상적인 현실을 받아들이기에는 너무 고통스러웠다. 그리고 한순간의 판단 실수로 인해 수십 년의 시간을 고통 속에서 낭비해야 한다는 사실은 여전히 나를 힘들게 한다. 지금 나는 오직 돈을 갚아야 한다는 생각으로 쉬지 않고 일하며 살고 있다. 빚을 진 이후로 잠자는 것을 줄이고 거의 먹지도 않으며 일만 했다. 나는 10년이 넘는 긴 시간을 고통 속에서 일만 하며 살았다. 그것도 모자라서 가족의 소중한 보금자리와 행복마저 빼앗아 버렸다. 내 잘못된 선택 때문에 나뿐만 아니라 내 가족의 삶이 엉망이 되어 버렸다.

계속되는 형벌

대부분의 사람들은 반복되는 생활에 몸과 마음이 지치더라도 돈을 벌기 위해서, 일상을 지켜 내기 위해서 묵묵히 견뎌 낸다. 나도 그런 생활이 반복된다면 그저 지금까지 살아온 대로 살아갔을지도 모른다. 하지만 30억이라는 큰 빚을 갚아야 하는 지금의 상황은 아무리 생각해 봐도 결코 평범하지 않은 것 같다. 나는 내 상황을 생각하다가 〈시시포스의 바위〉를 떠올렸다.

지금 내 시간을 빚을 갚기 위한 활동의 반복이라고 생각하자 내 삶이 끝없이 바위를 굴리는 시시포스와 비슷하다고 생각되었다. 아무리 갚아도 끝나지 않을 것 같은 불안함이 계속해서 찾아왔다. 나는 이 불안함을 줄이기 위해서 매일 이른 시간에 기상해 하루 종일 빚을 갚기 위해 열심히 돌아다닌다. 그렇게 늦은 시간이 되어서야 집에 들어와 첫 끼니를 때운다. 제대로 된 식사를 할 수 없을 정도로 마치 일에 미친 사람처럼 바쁘게 일한다.

아무리 반복해도 끝나지 않는 형벌, 끝이 보이지 않는 이 형벌은 무엇을 위한 것일까?

나는 매일 찾아오는 절망과 고통이 두렵다. 스트레스 때문에 불면증에 시달리고, 벗어날 수 없는 상황에서 의지할 사람마저 보이지 않는다. 잠시라도 마음 편히 살지 못하는 스스로가 너무 한심하고 답답하다. 우울한 마음과 분노는 항상 나를 괴롭히지만, 나를 더 힘들게 하는 건 이 상황이 언제 끝날지 모른다는 막막함이다. 극단적인 상황에 대해 생각해 보지 않은 것도 아니다. 모든 걸 포기하고 사라져버리고 싶은 마음이 하루에도 수십 번씩 치밀어 오른다.

새롭게 시작한 렌트 사업

처음에는 머릿속에 온통 후회와 원망이 머물러 있었다. 하지만 시간이 지나고 감정이 고갈되면서 현실적으로 어떻게든 이 상황에서 벗어나고 싶어졌다. 하지만 현실은 이자가 또 다른 이자를 낳는 일이 반복되었고, 그 금액을 보니 정상적인 방법으로는 도저히 갚을 수 없겠다는 결론에 이르렀다. 혼자만의 힘으로는 도저히 상황을 해결할 수 없다는 것을 깨닫고 친구를 만나 도움을 요청했다. 나는 친한 친구에게 자동차 영업을 함께하자고 설득하고, 마침내 친구에게 함께 힘을 합쳐 이 상황을 이겨 내자는 대답을 들었다. 이후 친구와 머리를 맞대고 고민한 결과, 당시 인기 있는 차량을 할부로 구입하여 개인 고객에게 임대하는 렌트 사업을 시작하기로 했다.

현실적으로 감당하기 힘든 빚을 갚기 위해서는 획기적인 아이디어가 필요하다고 생각했다. 나는 당시 제네시스 2대, BMW 520 1대, 아우디 1대, 총 4대를 구입했다. 그리고 한 대당 원리금 균등상환으로 월 120만 원씩 납부했다. 36개월 할부였기에 이 기간 동안 납부 완료하면 그 뒤로는 모두 내 것이 되는 거였다. 차가 4대였으니 한 달에

480만 원의 지출이 발생했다. 우리는 주변의 렌트 업체를 방문하여 비슷한 차들의 한 달 렌트 비용에 대해서 파악했다. 여러 업체의 가격을 비교해 본 뒤 국산차는 한 달에 150만 원, 수입차는 200만 원으로 정하고, 인터넷 사이트 〈보배드림〉 게시판에 "일반차 렌트 필요하신 분, 저렴하게 빌려 드립니다."라고 광고를 내기 시작했다. 광고를 올리기 시작한 이후로 한두 명씩 문의가 오고, 조금씩 성과를 올릴 수 있었다. 고객들이 차를 렌트하고 지불하는 금액은 일부 할부 금액을 상환한 뒤에 친구와 절반씩 나누었다.

빚은 절망을 선물하고, 희망을 빼앗아 갔다

때를 가리지 않고 의식을 파고드는 '빚을 갚아야 된다'라는 생각과 '이자 때문에 아무리 일을 해도 상황이 나아지지 않을 것'이라는 생각을 떨쳐 버리기가 얼마나 힘든지 경험해 보지 않은 사람은 알 수 없을 것이다. 빚 독촉 전화는 매일 걸려 오고, 일을 해서 돈을 벌어도 이자를 갚기에 빠듯하다 보니 내 통장에는 돈이 쌓이지 않았다. 상황이 이렇다 보니, 과연 내가 빚을 갚고 평범한 일상으로 돌아갈 수 있을지 의심하는 마음이 커지기 시작했다. 빚은 내게서 삶의 의미는 물론, 살아야겠다는 의지마저 빼앗아 가고 있었다. 나날이 늘어나는 이자는 내게 절망을 선물하고, 희망을 빼앗아 갔다.

- 03 -

가족에게까지 영향을 미친 빚

감당할 수 없이 불어난 빚

연이은 실패로 빚더미를 떠안은 나는 혼자 끙끙 앓으며 1년이란 시간을 버텨 오다가 드디어 한계에 다다랐다. 수중에 있던 돈이 다 떨어지게 된 것이다. 빚은 나도 모르는 사이에 눈덩이처럼 불어나 어느새 감당할 수 없을 만큼 쌓였다. 원금은 갚을 엄두도 낼 수 없었고, 이자도 갚기 힘든 상황에 닥친 것이다. 아무리 열심히 일해도 이자조차 감당하기 버거웠다. 결국 이자를 제때 주지 못하자 사람들이 의심을 하고 독촉하기 시작했다. 그중 한 선배가 이자를 보내 달라는 전화를 해 왔다.

"야, 너 왜 이자 안 보내?"

"죄송해요. 지금 장사가 잘 안 돼서 이자를 못 보냈어요. 조만간 보내겠습니다."

"빨리 보내줘. 나도 빌린 돈이야. 이자 내야 해."

"네, 알겠습니다. 빨리 보내도록 할게요."

통화를 끊고, 하루, 이틀, 사흘의 시간이 흘렀지만 이자를 보낼 수 없었다. 결국 선배가 화를 내며 전화를 했다.

"야! 장난해? 빨리 이자 보내. 지금 뭐 하는 거야!"

선배의 다그치는 목소리에 나도 모르게 화를 내면서 보낼 테니까 기다리라고 소리치며 전화를 끊었다. 초조해졌다. 계속해서 불길한 생각이 들었다. 신기하게도 선배와의 전화를 시작으로, 사람들이 나에게 연락을 해서는 무슨 일이 생긴 거냐면서 빨리 이자 보내라고 하나같이 화를 냈다.

갈수록 내 마음은 불안해지고, 감정을 추스를 수 없었다. 급기야는 한 사람한테라도 독촉을 받지 않기 위해 다른 곳에서 돈을 빌려 이자를 주게 되었다. 이러한 과정은 계속 반복되었다. 전화 받는 게 스트레스여서 임시방편으로 생각했던 게 내가 할 수 있는 최선의 방법이라고 생각했었다. 당연히 지금은 미친 짓이라고 생각한다. 나는 무언가에 홀린 듯, 뒷일은 생각도 못하고 당장 전화 받는 것에만 신경 쓰며 돈을 돌려 막고 있었다. 그러다 보니, 어느새 빚은 말도 안 되게 늘어나 내가 감당할 수 없을 정도가 되었다.

본격적으로 시작된 시련

나의 고통과 시련이 본격적으로 시작되었다. 더 이상 돈을 빌려 막을 곳이 없었다. 원금은커녕 이자를 감당하기에도 벅차서 해결할 수 없을 것 같다는 불안감만 커졌다. 여러 해결책을 고민하다가 결국 나는 허겁지겁 집으로 달려가서 어머니께 내 사정을 털어놓았다.

"큰일 났어요!"

"왜 그래? 무슨 사고 쳤어?"

"내가 자동차 일 배워 본다고 돈을 빌렸는데, 이자를 높게 주고 빌린 돈이라 지금까지 돌려 막다가 감당할 수 없는 지경에 이르렀어요. 이제 어떻게 할 수 없게 됐어요. 도와주세요."

나는 우는 목소리로 말했다. 어머니는 천천히, 자세히 이야기를 해보라고 말씀하셨지만, 흥분하셔서는 목소리가 커지고 있었다.

"누구한테, 얼마를, 어떻게 빌린 건지 자세히 이야기해 봐!"

나는 숨을 돌리고, 어머니께 자세히 말씀드렸다. 어머니는 내 이야기를 듣고, 놀라서 쓰러지려고 하셨다. 그리고 이내 "왜 남한테 돈을 빌려 이자까지 주면서 자동차 장사를 했어! 당장 그만둬!"라고 하셨다. 그러고는 나에게 돈을 빌려준 사람들과 일일이 전화해 금액을 확인하고, 어떻게 처리할지 대화를 나누셨다.

"종혁이 엄마입니다. 우리 자식이 철이 없어서 지금 남의 돈 무서운지 모르고 이런 실수를 했는데 지금 당장은 돈이 없으니 일해서 갚을 수 있게 해 주세요."

"어머니, 저도 다른 사람한테 이자 주고 빌려온 돈이라 당장 돌려줘야 해서 안 됩니다."

여러 사람들과 이러한 대화를 나누었다. 어머니는 자신보다 훨씬 어린 사람들에게 용서와 양해를 구하셨다. 그 모습을 보니 너무 죄송하고, 내 자신이 너무 싫었다. 하지만 어머니가 사정을 해도 사람들의 대답은 빨리 돈을 돌려 달라는 말뿐이었다.

몇 시간 후, 어머니는 다음날 부동산에 가서 집을 내놓고 이사하자고 하셨다. 그 말을 들은 나는 너무 마음이 아파서 가슴이 찢어질 것 같았다. 그 후 나는 그 어떠한 말도 할 수 없었다. 이 집은 팔면 안 된다는 말도 차마 하지 못했다.

나는 모든 것을 잃었다

나의 잘못으로 인해 가족들까지 피해를 봤다. 어머니가 밤낮 쉬지 않고 평생 일해서 모으신 돈과 집이 날아가 버린 것이다. 나는 당시의 상황이 믿어지지 않았고, 제발 꿈이길 빌었다. 하지만 잔인한 현실이었다. 어머니께서 어떻게 집까지 팔게 할 정도로 일을 크게 만들었느냐고 화난 목소리로 소리쳤지만 나는 그 어떤 변명도 할 수 없었다. 나는 정말 내 자신이 너무나 싫었고, 죽고 싶은 생각뿐이었다.

내 동생 역시 나를 증오하는 눈빛으로 쳐다보는 게 느껴졌다. 방에서 욕을 하며 짐을 싸는 동생의 목소리가 들렸다. 도저히 제 정신

으로는 버틸 수 없는 상황이었다. 그렇게 우리 어머니와 동생은 하루 아침에 날벼락을 맞아 잘 살고 있던 집에서 나오게 되었다. 그날 우리는 이삿짐 차를 타고 작은 집으로 이사했다.

나는 이사 온 집에 이삿짐을 풀고는 바로 밖으로 뛰어나가 아무도 없는 곳에서 눈물을 흘렸다. 미친 듯이 울었다. 화도 나고 내 자신이 너무 싫었다. 급기야는 모두 다 없어졌으면 좋겠다고 생각했다. 눈앞에는 보이는 것이 없었다. 머릿속은 온통 이 상황에 대한 분노와 나에 대한 원망, 내가 이자를 준 사람들에 대한 배신감으로 가득 찼다. 하지만 모든 원인은 나였다. 내가 아무리 억울하다고 소리치고 화를 내도 현실은 어느 것 하나 달라지는 것이 없었다. 나는 모든 것을 잃었다.

- 04 -

지옥 같은 나날들

매일 반복되는 삶

오늘도 나는 눈을 뜬다. 창문을 보니 햇빛이 쨍쨍하다. 하지만 나는 아침에 눈을 뜨는 게 두렵다. 내가 잠에서 깨어나자마자 가장 먼저 하는 것은 휴대전화를 확인하는 것이다. 역시나 부재중 전화와 문자가 와 있다.

"야, 빨리 돈 보내. 내일 당장 보내라."

"전화 안 받고 뭐 하냐? 자냐?"

아침 일찍 일어나 온갖 욕과 비난이 적힌 문자들을 확인한 후 나는 오늘 하루는 또 어떻게 버틸지, 어떻게 살아가야 할지를 고민한다.

이는 나의 일상이다. 아침에 눈을 뜨는 순간부터 내 머릿속은 두려움과 절망으로 가득하다. 항상 나에게 오는 연락들은 다 같은 용건이다. "돈 보내. 지금 당장 안 보내면 고소한다.", "사무실에 가서 다 부셔 버린다.", "당장 나한테 와라." 등등 온갖 협박의 용건이다. 어떤 때는 나도 내 성질을 못 참아 "고소해!"라고 욕하며 전화를 끊은 적도 있다.

내 태도에 상대방은 더 화가 나서 미친 듯이 연락을 한다. 그러면 나는 잠시 전화를 내려놓는다. 너무 흥분한 상태여서 잠시 피하는 것이다. 사실 이 같은 전화를 받고 나면 어떠한 일도 손에 잡히지 않는다. 당장 돈만 가지고 오라는 연락이 하루 종일 쉬지 않고 온다. 그럴 때면 나는 잠시 휴대전화를 옆에 놔둔 채 애써 외면한다.

이러한 상황에 닥치면 정신병에 걸릴 것 같을 정도로 내 머릿속은 혼란스럽다. 분노와 의욕 상실이 나를 옥죄어 온다. 다 포기하고 싶고, 더 이상 살아갈 이유를 찾지 못할 정도다.

나에게 독촉을 하는 사람들은 한때 내가 잘나갈 때 내 옆에서 마치 평생 갈 것처럼 말하던 사람들이었다. 하지만 내 형편이 힘들어지니까 180도 돌변해서는 남보다 더 못한 대우와 온갖 욕을 한다. 그러다 문득 나는 '과연 나와 같은 사람이 또 있을까? 나보다 더 힘든 사람이 있을까?'라는 생각을 했다. 그렇게 내 머릿속에는 온갖 부정적인 생각들로 가득 차고 있었다.

죽지 못해 살아가는 존재

원래 나는 긍정적인 사람이었다. 잘 웃고, 장난치는 것을 좋아하고, 앞장 서는 것을 좋아했다. 그랬던 나는 지금 정반대의 성격을 지니고 있다. 소심하고, 사람들을 피한다. 사람에 의해 생긴 마음의 상처 때문에 누굴 만나는 것조차 두려워한다. 그 누구와도 친하게 지낼 수 없을 것만 같다. 사람들은 미래를 위해 하루하루를 희망차게 사는데 나는 왜 이렇게 사는지, 왜 이렇게 고통을 받으며 사는지, 하늘 아래에서 숨 쉬며 사는 게 너무나도 지치고 힘이 든다.

오늘은 또 어떻게 버텨야 하나 스스로에게 질문을 한다. 시련은 누구에게나 찾아온다고 한다. 지금 이 순간에도 어딘가에 나처럼 고통받고 있는 사람들이 많이 있을 것이다. '그 사람들은 어떻게 견뎌낼까?' 혼자 생각을 해 본다. 길을 지나가다 보면 나 빼고 모두 다 행복해 보인다. 나는 아무리 내 마음을 감추려 해도 쉽게 되지 않는다. 그래서 나는 사람들을 잘 만나지 않았다. 내가 힘들어하는 모습을 보여 주기 싫은 것도 있지만, 지금은 사람들을 만나도 할 말이 없다. 가끔 TV를 보면 돈 때문에, 빚 때문에, 사업 실패로 자살했다는 기사들이 나오곤 한다. 그때 나는 이런 생각을 한다.

'나도 죽으면 TV에 나오는 건가?'

뉴스에 나오는 죽은 사람들도 얼마나 고통을 견디기 힘들었으면 저런 선택을 하는 것인지 이해할 수 있을 것 같았다. 나 역시 죽지 못해 살아가는 존재일 뿐이었다.

다짐하고 맹세하며 열심히 일하는 이유

불교에서는 사람이 죽으면 다시 환생한다고 한다. 그리고 종교를 가지지 않은 사람들 중 일부도 환생이 있다고 믿는다. 환생이라는 것이 있다면, 나는 빚 없는, 아니, 빚을 지지 않는 사람으로 다시 태어나고 싶다.

이전에 나는 나에게 독촉하는 사람들을 이해할 수 없었다. 내가 그들에게 이자 없이 돈을 빌린 것도 아니고, 정해진 이자 수익도 주었는데 왜 나에게 욕하고 협박을 하는지 의문스러웠다. 내가 일부러 안 갚는 것도 아니고, 내 형편을 알고 있으면서도 그러한 태도를 보이는 건 정말 너무하다고 생각했다. 그렇게 한동안 시간이 흐르고, 감정을 좀 추스른 상태에서 나는 다시 생각해 봤다.

'만약 내가 그들과 같은 입장이었다면, 어떻게 행동했을까? 나 역시 그들과 똑같이 욕하고 협박을 했을까?'

가정을 통해 진지하게 생각을 해 본 결과, 나 역시 그럴 수 있을 것 같다는 생각이 들었다. 나는 나를 욕하는 사람들을 이해하려고 노력한다. 그래서 "내가 잘못했으니, 반드시 열심히 일해서 돈을 갚을 테니까, 나를 믿고 기다려 달라."라고 말했다. 내 얘기를 들은 사람들의 반응은 제각각이었다. 하지만 하나같이 같은 말을 하고 있었다. 사기를 쳐서라도 돈을 가지고 오라는 사람도 있고, 지금 당장 집에 있는 걸 모두 팔아서 돈을 보내라고 하는 사람도 있었다. 내가 지금 당장 돈을 보낼 수 없는 처지인 것을 알면서도 대부분의 사람들은 똑같이 돈을 보내라고 소리쳤다. 단 2명만이 지금 너무 힘든 건 알지만 자신도 아내 모르게 다른 사람한테 빌린 거니까 꼭 갚아 달라고 이야기해 주었다.

나는 '사람들과의 약속을 꼭 지켜야지, 꼭 갚겠다'라고 마음속으로 다짐했다. 나를 비난하는 사람들만 있었더라면, 정말 참기 힘들었을 것이다. 살아갈 이유조차 찾기 힘들었을 것이다. 모든 사람이 나를 욕하고 비난해도, 나를 믿고 기다려 주는 사람 또한 존재한다는 사실은 나에게는 정말 큰 희망과 용기를 가질 수 있도록 힘을 주었다. 그 사람들은 매일 욕을 듣고 상처받으며 힘들어하는 나를 알기에 돈 달라는 연락을 먼저 하지도 않았고, 오히려 내가 힘들까 걱정해 주고 배려해 주었다. 그 덕분에 나는 '이 지옥 같은 고통을 겪는 상황에서도 하루라도 빨리 벗어나야겠다고, 나를 믿고 기다려 주는 사람들에게 반드시 돈을 갚겠다'라고 다짐하고 또 맹세하며 열심히 일한다.

- 05 -

앞으로 어떻게
살 것인가?

내가 파산 신청을 거부한 이유

현재 내가 진 빚은 30억 원이다. 단순하게 계산해도 한 달에 100만 원씩 300년을 갚아야 하는 큰 금액이다. 요즘 100세 시대라고 하지만, 내가 사는 동안 빚을 청산할 수 있을까? 이 큰돈을 어떻게 갚아야 할지, 눈앞이 캄캄해지고 머릿속은 복잡해진다. 내 머릿속에는 오직 30억이라는 숫자만 맴돌고 있을 뿐이다. 30억은 평범한 회사원이 평생 월급을 쓰지 않고 모아도 만들 수 없는 금액이다.

가끔 TV나 신문을 보면 '파산'이나 '개인 회생'이라는 단어들을 사용한 광고나 기사들을 볼 수 있다. 누구나 이 말을 들어봤을 것이다. 파산이란, 채권자로부터 빚을 빌린 개인이나 단체가 빚을 완전히 갚을 수 없는 상태를 뜻한다. 개인 회생이란, 파산을 했거나 발생할 염려가 있는 자에게, 5년 이내의 기간 동안에 일정한 금액을 변제하면 잔액을 면책(채무를 갚을 책임을 면제해 줌) 받을 수 있도록 해 주는 제도다.

주변에서는 남의 일이라고 쉽게, 어쩌면 정말 나를 걱정하는 마음으로 파산을 권유했다. 그들은 나에게 이 돈은 평생 일해도 갚을 수 없는 금액이니까 파산을 신청하라며 계속해서 권했다. 나 역시 한편으로는 파산 신청을 해야 한다는 생각이 들었지만, 나를 믿고 기다려 준 사람에게 도의가 아니라는 생각과 내가 저지른 행동에 대해서는 끝까지 책임을 져야 한다는 생각이 더 컸다. 그래서 나는 사람들의 조언을 무시한 채, 내 마음이 시키는 대로, 내 양심이 시키는 대로 돈을 갚기로 했다.

나의 이러한 결심에도 불구하고 채권자들은 나에게서 어떻게든 하루라도 빨리 돈을 받으려고 할 뿐이다. 그들은 내가 어떤 결심을 했고 무슨 생각을 하고 있는지는 중요하지 않았다. 오히려 내가 파산 신청을 하려고 했다면 나를 고소하고 법대로 싸우자고 했을 것이다.

내가 돈의 노예가 된 이유

시간이 지날수록, 나이가 들수록, 경기가 안 좋아질 때마다 두려움이 엄습한다. 이 두려움이 찾아올 때마다 앞으로 다시는 남의 돈을 빌리지 않겠다고 다짐한다. 이제는 돈이 없으면 없는 대로, 있으면 있는 대로 맞춰서 살아가려고 한다. 만약 사업을 다시 시작하더라도 내가 감당할 수 있는 금액으로 해 보려고 한다. 주변에서 사업을 통해 좋은 결과를 낸 사람 또는 실패해서 낙담한 사람들을 종종 보게 된다. 다행히 내 주변에는 성공한 사람들이 더 많이 있다. 그들과 어울릴 기회가 있어 대화를 나눠 보면 일이 잘 풀리는 사람들은 그들만의 철학과 생각이 있다는 것을 알 수 있었다. 이러한 생각을 하게 되자, 자연스럽게 내가 실패한 원인에 대해서도 생각해 보았다. 나는 왜 실패한 것일까? 그 원인에는 여러 가지가 있다.

첫째, 남의 돈을 너무 쉽게 생각하고 빌렸다.

나는 겁없이 돈을 너무 쉽게 생각했다. 남의 돈을 빌리는 그 순간부터 돈의 노예가 되어 일을 해야 한다는 사실을 모르고 있었다. 쉽게 빌리고, 쓸 수 있다는 생각이 돈을 가볍게 여기게 만들었다. 절대로 남의 돈은 가볍게 생각해서도, 무턱대고 빌려서도 안 된다. 내가 감당할 수 있는 금액이라도 될 수 있으면 남의 돈은 빌리지 않는 것이 현명하다.

둘째, 높은 이자의 대출을 받았다.

초기의 성과를 내 능력이라고 착각한 나머지, 나는 항상 돈을 잘 벌 수 있을 거라고 생각했다. 그래서 높은 이자율의 돈을 겁 없이 빌려 썼다. 실제로 초기에는 이자를 감당하면서도 만족할 만한 수입이 있었기 때문에 이 정도의 이자는 괜찮다고 생각했다. 젊은 패기에 자신감까지 넘쳐흐르니 아무리 비싼 이자라도 감당할 수 있을 거라고 믿었다. 하지만 돈을 빌린 순간부터 나는 하루도 쉬지 못하고 평생을 노예처럼 살게 되었다.

셋째, 항상 하는 일이 다 잘될 거라는 착각에 빠졌다.

'새옹지마(塞翁之馬)'라는 고사성어가 있다. 행운이 불행이 되기도 하고, 불행이 행운이 되기도 한다는 뜻으로, 한순간도 방심하지 말고 살라는 말이다. 나는 중고차 매매를 시작하고 한 대만 팔아도 아르바이트 한 달 월급보다 더 많이 벌 수 있다는 것을 알았다. 그래서 돈을 가벼이 여기게 되었다.

넷째, 내가 잘 알지 못하는 분야에 섣불리 투자했다.

내가 알지 못하고 경험해 보지도 않은 일을 다른 사람의 말만 믿고 시작했다. 결과는 당연히 안 좋았다. 돈을 다 날렸다. 그것도 내 돈이 아닌 높은 이자율로 빌린 돈을 날린 것이다. 이때부터 내 상황은 더욱 악화되었다.

다섯째, 돈의 소중함을 모르고 살았다.

나는 중고차 매매 일을 어린 나이부터 시작해 지금까지 하고 있다. 그 과정에서 2,000만 원부터 1억 원의 차를 사고팔다 보니 돈에 대한 개념도, 가치관도, 돈의 소중함도 배울 수 없었다. 그러다 보니 평범한 직장인의 월급 정도의 돈을 이자로 주면서 흥청망청 썼다. 너무 쉽게 투자를 결정하고 또 날려 먹었다.

이 모든 게 내가 돈의 노예가 된 이유들이다. 지금 나는 과거와 같은 잘못을 다시는 반복하지 않기 위해서, 살기 위해서 노력 중이다. 하지만 아직은 하루하루를, 24시간이라는 시간을 지옥과 같은 고통 속에서 살아가고 있다.

내 생각과 습관, 행동에 변화가 필요하다

예전의 나는 사람을 좋아해서 쉽게 믿고, 잘해 주었다. 그리고 그것이 나에게 독이 되어 돌아왔다. 지금의 나는 사람을 믿지 못한다. 지금까지 지나온 길을 돌이켜 보며 똑같은 일을 반복하지 않아야겠다고 다짐한다. 지금도 나는 고통 속에서 살아가고 있다. 나를 아끼는 분들, 나를 걱정해 주시는 분들은 내가 바뀌지 않는다면 평생 똑같은 고통 속에서 살 것이라고 이야기한다. 처음에 나는 이 말을 듣고 이해하려고 하지 않았다. 아니, 이해하기 싫었던 건지도 모르겠다. 하지만 그 말이 정답이었다. 지금 내 모든 걸 바꾸지 않으면 평생 빚에 시달려 노예로 살 것이다. 이 시간 이후로 나는 내 모든 나쁜 생각과 습관, 행동들을 바꾸려고 한다. 예전의 내가 아닌, 좀 더 나은 사람으로 다시 태어나기 위해서 하나하나 잘못된 습관들을 찾고 고칠 것이다.

\- 06 -

시련은 예고 없이 찾아온다

시련이 언제 찾아올지는 누구도 알지 못한다

인생을 살다 보면 누구에게나 시련과 역경이 찾아온다. 하지만 그 시련의 크기는 제각각 다르다. 나에게는 지금 닥친 이 시련이 38년을 살면서 제일 큰 고통이다. 시련이 언제 찾아올지는 누구도 알지 못한다. 시련은 사람마다 모두 다르게 찾아온다. 나에게는 수없이 많은 시련이 예고 없이 찾아왔지만, 지금 나에게 닥친 시련은 내가 감당하기 버겁다고 느꼈다. 나는 한참 생각을 해 보았다. 왜 나에게 이런 시련이 찾아온 것일까?

영등포에 위치한 BMW 전시장, 신호모터스의 담당 딜러분과 거래를 할 때 있었던 일이다. 아침에 일어나 일을 하러 가는 길에 전화 한 통이 걸려 왔다. 나는 반갑게 전화를 받았다.

"안녕하세요. 아침 일찍 무슨 일이세요?"

"네, 과장님. 제 고객님이 타시던 차량 2대를 처분하고 저희 차로 신차 계약을 하려고 합니다. 혹시 시간되시면 차 좀 봐주시고 견적 부탁드리겠습니다."

나는 당연히 알겠다고 대답하고 차를 보고 견적을 내드렸다. 차량은 벤츠 ML350차량과 BMW M3 두 대였다. 사고 이력은 없었으며 상태도 괜찮았다. BMW영업소 과장님에게 전화를 했다.

"고객님 차량 두 대 가격은 5,300만 원, 3,500만 원, 총 8,800만 원입니다."

그리고 며칠 후 연락이 왔다. 신차를 구입하려는 고객이 돈이 부족해서 차량 2대를 처분하는데, 먼저 고객에게 입금을 해 달라고 부탁하는 전화였다. 우리는 통상적으로 해 오던 일이였기에, 회사에 물어본 뒤에 다시 연락을 드리겠다고 응대했다. 전화를 끊자마자 대구 서구 이현동 M월드에 위치한, 내가 소속된 회사의 사장님께 전화를 했다.

"사장님, 고객님께서 차량 2대 대금을 먼저 입금해 달라고 합니다. 차량은 이번 주 토요일에 가지고 가라고 합니다. 어떻게 할까요?"

사장님께서도 알았다며 고객의 계좌번호를 물어보셨다. 나는 전화를 끊고 다시 영업소 과장님께 전화를 했다. 과장님께서도 고객의 계좌번호를 문자로 보내 달라고 하면서 토요일에 약속한 차량 인도를 꼭 지켜 달라고 부탁했다. 그렇게 고객의 계좌번호를 확인하고 나에게 문자를 보내 주겠다는 대답을 들었다. 30분이 지난 뒤 문자가 왔다.

"고객님의 계좌번호입니다. 이쪽으로 차량 대금 8,800만 원 입금해 주시면 됩니다."

나는 문자 내용을 회사에 전달했고, 회사에서는 고객의 계좌로 대금 8,800만 원을 입금했다. 그리고 시간이 지나 약속한 토요일이 왔다.

업무 중에도 찾아오는 시련

"고객님과 오늘 어디서 몇 시에 만나면 되나요?"

"오늘 오후 3시쯤 여의도 KBS방송국 쪽 OO 커피숍 앞에서 만나기로 했습니다. 저도 시간 맞춰서 가겠습니다."

나는 시간보다 조금 더 일찍 나가서 기다리고 있었다. 방송국 앞이라 그런지 사람들이 붐볐다. 커피숍에 도착해 영업사원과 먼저 만나 고객을 기다렸다. 그리고 곧 신차 담당 과장님을 만났다. 오랜만에 만난 과장님과 이런저런 이야기를 했다. 대화 중, 영업사원이 고객이 사업을 크게 해서 7시리즈와 I8, 두 대를 법인 명의로 뽑는다고 말했다. 그렇게 약속시간인 오후 3시가 되었다. 하지만 고객은 여전히 도착하지 않은 상태였다. 10분, 20분, 30분이 지나도 나타나지 않자, 담당 영업사원이 고객에게 전화를 걸었다. 고객은 차가 막혀 조금 늦는다고 말했다.

그때 나는 속으로 '늦으면 먼저 연락을 해서 늦는다고 말을 해야 정상 아닌가?'라는 생각을 했다. 하지만 고객이니까 이해하려 했다. 다시 한참을 기다리고 4시가 넘었을 때, 다시 영업사원이 고객에게 전화를 걸었다. 맞은편에 앉은 나는 그 통화 내용을 들을 수 있었다. 고객은 자신이 너무 바빠서 직원에게 부탁했다면서, 직원이 곧 도착할 것이라고 조금만 기다려 달라고 말했다. 시간이 한참 지나도 연락이 없으니까 회사에서도 부리나케 전화를 해 왔다. 나는 현 상황을 전달했다. 그 뒤로 시간이 또 한참 흘렀다. 5시가 넘어서 다시 영업사원이 고객에게 전화를 걸었다. 전화 연결이 되지 않았다. 몇 번을 다시 해도 연결이 안 되었다.

갑자기 불안해졌다. '혹시 사기당한 건 아닐까?' 하는 생각에 느낌이 좋지 않았다. 한참을 기다려도 고객은 오지 않았다. 고객이 보냈다고 했던 직원도 오지 않았다. 나는 그때서야 사기를 당했다고 확신하게 되었다. 나는 담당 과장님한테 "이 고객님 인적사항 아세요? 신차 계약은 돈을 얼마나 넣고 했어요?"라며 꼬치꼬치 캐물었고, 과장님도 무언가 이상했는지 계약금 100만 원씩 카드로 결제하고 아직 돈이 안 들어왔다고 했다. 어떤 카드로 결제했는지를 묻자, 결혼할 여성

분의 카드라고 했다. "이 사람 신분증이나 면허증은 복사한 자료 있나요?"라고 내가 물었고, "신분증 복사한 자료는 사무실에 있어요."라는 대답을 들을 수 있었다. 나는 과장님께 고객 연락처를 물어보고 연락을 했다. 하지만 그 고객은 받지 않았다. 아무리 전화를 걸어도 받지 않아서 결국 문자를 남겼다. "지금 이 순간 이후로 사기죄로 고소하겠습니다. 전화하지 마시고 인적사항 다 알고 있으니 법정에서 봅시다."라는 내용이었다. 그리고 15분 후에 연락이 왔다. 드디어 그 사기꾼과 통화를 했지만, 온갖 변명을 할 뿐이었다. 지금 바빠서 못 가고 있다고 거짓말을 했다. 나는 올 필요 없다고 말하며 경찰서에서 보자고 하고 전화를 끊어버렸다. 과장님께 어떻게 책임질 거냐며 화가 나서 물었다.

담당 과장님은 조금만 기다려 달라고 했다. 화가 난 나는 "뭘 기다려요. 지금까지 오지 않는 사람을. 우선 고소부터 하고 나중에 오면 그때 고소 취하하죠."라는 말을 남기고 곧장 경찰서로 갔다.

시련은 예상치 못한 순간에 만난다

과연 내가 거래하기 위해 만난 사람이 사기를 칠 목적이라는 것을 미리 알 수 있었을까? 그렇게 처음부터 사람을 의심해야 한다면, 나는 자동차 매매업을 계속 하지 못할 것이다. 매매는 서로가 서로를 신뢰해야지 성립되는 것이라고 생각하기 때문이다. 그래서 이런 사기 사건을 경험한 뒤에는 허탈하다. 내 생각을 비웃는 것 같아서 자괴감이 들기도 한다. 그렇게 시련은 예상하지 못한 순간, 예상하지 못한 사람을 통해 만나게 된다.

그러나 나는 예상치 못한 시련을 딛고 일어서고 있다. 지금까지 일어서기에는 많은 고통이 따랐다. 하지만 힘겨운 시간만큼 앞으로 나아갈 동력을 얻기도 했다. 이제 나에겐 그 어떠한 시련이 와도 극복할 수 있는 단단함이 생겼다. 혹시 지금 시련에 얽매여 우울한 날을 보내고 있는가? 그렇다면 010.4085.5117로 문자 메시지를 보내 보자. 먼저 그 길을 지나온 내가 당신의 동아줄이 되어 줄 수 있다. 지금 시련을 어떻게 극복하느냐에 따라 앞으로의 삶이 결정된다는 것을 명심하자.

- 07 -

빚은 내게서 모든 것을 빼앗아 갔다

내가 잃어버린 것들

나에게 있어 돈은 자연스레 '빚'을 떠올리게 한다. 지금 나에게는 세상에서 가장 더럽고 무서운 것이 바로 '돈'이다. 이놈의 돈 때문에 나는 내 모든 걸 잃었다. 내가 진 빚은 큰 고통을 주었고, 지옥을 경험하게 해 주었다. 나는 이 지긋지긋하고 무서운 돈을 벌기 위해 일에 매달리며, 매일 벌어들인 돈으로 조금씩 빚을 갚아 나가고 있다. 이러한 생활이 시작되고 잃어버린 것 중 유독 아쉽고 안타까운 것들이 있다. 그것들은 다음과 같다.

첫째, 자유

어릴 때의 나는 하고 싶은 것이 있으면 대부분 할 수 있었다. 어느 날은 한가하게 잠을 자고, 어느 날은 하루 종일 보지 못했던 드라마와 영화를 보고, 게임도 하며 나만의 시간을 보냈다. 하지만 지금은 현실적으로 불가능하다. 빚을 진 그 순간부터 내 자유는, 내 시간은 사라졌다. 나는 아침에 눈을 뜨자마자 허겁지겁 씻고 나가 하루 종일 돈을 벌기 위해, 빚을 갚기 위해 일을 한다. 밥을 먹지 않고 잠자는 시간도 줄여가며 일을 하기도 한다. 어떤 날은 너무 피곤하고 힘들어 잠시 그늘진 곳에서 쉬려고 해도 어떻게 알고 빚 독촉 전화가 온다.

둘째, 건강

빚을 진 이후로 스트레스가 쌓여 몸에 여러 가지 변화가 생겼다. 가장 먼저 탈모가 생겼다. 머리카락이 계속 빠지더니 원형 탈모가 생겼다. 이제껏 신경 쓰지도 않았던 고민을 하기 시작했다. 게다가 이제는 흰머리도 보이기 시작한다. 만병의 원인은 스트레스라고 했던가. 요즘에는 시력도 나빠졌다. 이전의 나의 양쪽 시력은 모두 2.0이었다. 하루 종일 햇빛을 보며 운전을 한 탓도 있겠지만, 아무래도 스트레스가 주요 원인인 듯 보인다. 또한 체중이 증가했다. 하루 종일 아무것도 못 먹다가 밤늦게 집에 들어가서 라면 3개를 끓여 밥까지 말아 먹는다. 그렇게 나는 하루 종일 일에 치여 살다가 밤늦게 집에 돌아와 폭식한다.

셋째, 인간관계

내가 빚을 지고 나서 무엇보다 상처가 되었던 건 나와 평생을 함께할 것만 같았던 사람들의 태도 변화였다. 내가 망할 것 같다는 이야기를 하는 순간, 그들의 태도는 이전과 달랐다. 내 앞에서는 위로를 해 주는 듯했지만, 내 뒤에서 나를 놀리고 비난했다. 그리고 점점 나를 피하는 것이 느껴졌다. 안 그래도 속상하고 죽을 것 같이 힘든데, 주위의 사람들마저 나를 외면하는 모습을 보니 스스로 너무 비참하게 느껴졌다. 정말 믿어지지 않았다. '내가 얼마나 잘해 줬는데 이럴 수가 있지?'라는 생각이 머릿속에서 떠나지 않았다. 이러한 생각을 하는 나에게 누군가가 말했다. 그게 현실이라고. 내가 잘될 때는 옆에 있다가 힘들어지면 다시 떠나는 게 당연한 거라고. 그러니까 남을 원망하지 말고 오직 자기 자신을 탓하라고 말했다.

넷째, 가족의 평화와 어머니의 집

내가 벌여 놓은 일 때문에 우리 집은 풍비박산이 났다. 동생은 나를 죽이고 싶을 정도로 미워했다. 그래서 일 끝나고 집에 들어가는 발걸음은 항상 무거웠다. 집 앞에 다 와서도 다시 정처 없이 걷는 날이 적지 않았다.

빚은 나에게서 모든 것을 빼앗아 갔다

앞서 언급한 것 중 나는 무엇보다 가족에 대한 미안함이 가장 크다. 당시 나는 일을 마치고 집에 들어갈 용기가 없었다.

어느 날은 내가 집 열쇠를 놓고 온 적이 있었다. 그래서 할 수 없이 벨을 눌렀다. 하지만 아무리 벨을 눌러도 현관문은 열리지 않았다. 분명 집에는 동생이 있었는데 말이다. 그러나 나는 더 이상 벨을 누르지 않고 길을 걸었다. 정처 없이 무작정 걸으면서 수많은 사람들을 봤다. '여기 있는 사람들은 지금 행복한가?', '나처럼 죽지 못해 살아가는 사람도 있겠지?' 등등 별의별 생각을 다 했다. 그렇게 한참을 걸어가다 보니 저 멀리 내가 다니던 고등학교가 보이기 시작했다.

갑자기 문득 고등학교 시절이 떠올랐다. 그때는 정말 아무 걱정 없이 학교생활을 하면서 활발하게 친구들과 어울렸다. 공부를 하며 보낸 기억, 자율학습을 하기 싫어서 친구들과 몰래 담을 넘어 오락실에 갔던 기억들이 생생하게 떠올랐다. 잠시 '다시 그 시절로 돌아갈 수만 있다면…'이라는 생각을 하다가 30억이라는 빚이 내게서 모든 것을 빼앗아 갔다는 생각으로 이어졌다. 내가 잘못해서 생긴 것이기는 했지만, 억울했다. 빚을 지기 시작하고 나서 나는 자유와 건강, 사람들을 잃었다. 그리고 우리 가족의 안식처였던 집을 팔아야 했고, 어머니의 노후를 위한 돈도 모두 빚을 갚기 위해 써야 했다. 가족들에게 너무 미안하다. 가족이 모두 모여서 행복하게 웃고 떠들었던 때가 언제였는지 기억조차 나지 않는다. 이렇게 30억이라는 빚은 나에게서 모든 것을 빼앗아 갔다.

PART 2

나는 수많은 시련 속에서 많은 것을 배웠다

- 01 -

죽을 때까지 갚아야 할 빚

내 삶에 변화가 필요한 것들

월급으로 300만 원을 받는 사람이 있다. 그런데 매달 600만 원씩 갚아야만 하는 빚이 있다면 그 사람은 어떻게 해야 할까? 수입을 600만 원 이상으로 늘리든가, 원금을 어떻게든 빨리 갚아서 이자를 줄이는 방법이 있을 것이다. 하지만 본업을 두고 두 배 이상의 돈을 버는 것은 현실적으로 불가능하다.

지금 내 나이는 38세이다. 시시때때로 찾아오는 부정적인 생각들과 일어나지도 않은 일에 대한 알 수 없는 불안에 나는 하루하루 지

쳐 간다. 그러나 아무리 스스로가 불쌍하다고 여겨도 현실은 냉정하다. 다시 정신을 차려야 한다. 이러한 과정이 반복되면서 나는 다시 마음을 안정시키려고 노력한다.

그러던 어느 날, 나는 노트에 내가 진 빚들을 정리해 보았다. 그리고 내가 일을 하면 벌 수 있는 수입도 적어 보았다. 생활을 개선하기 위해서는 해야 하는 일을 적어 보는 것도 좋지만, 하지 말아야 할 것들을 적어 보는 것도 도움이 된다는 글을 어디선가 본 기억이 떠올랐던 것이다. 다음은 내가 바꿔야 할 것들이다.

첫째, 생활용품 따져 가며 구매하기

이전에 나는 편의점에서 가격도 보지 않고 물, 초콜릿 등을 쉽게 샀다. 하지만 이제는 할인마트와 가격을 비교해 물건을 구입한다. 내가 자주 마시는 제주삼다수의 경우, 편의점에서는 980원에 판매하지만 할인마트에서는 450원이다. 어떻게 보면 작은 돈이지만 지금의 나에게는 10원짜리 한 개도 크다. 그래서 나는 할인마트에 가서 생수 3통, 초콜릿 2개를 산 뒤 하루 일과를 시작한다. 어릴 때부터 단 것을 좋아한 나는 스트레스를 받거나 피곤할 때 초콜릿을 먹으면 힘이 나는 것 같아 즐겨 먹는다. 남들이 보기에는 불필요한 지출 같겠지만, 나에게는 이 상황에서 버티기 위한 마지막 무기인 셈이다. 이렇게 하루의 지출을 최대한 줄여 돈을 아끼기 시작했다. 한 달, 두 달, 일 년을 모으다 보니 1,000만 원이라는 큰돈을 모을 수 있었다.

둘째, 쇼핑과 멀어지기

나는 어릴 때부터 쇼핑을 좋아했다. 좋은 옷, 브랜드, 명품에 관심을 가졌다. 그러나 이제 나에게는 모두 그림의 떡이다. 사고 싶어도 살 수 없는 것이다. 이제는 내 형편에 맞게 살아가야 한다. 혹여 욕심이라도 생길 때면, 스스로 다그친다. 보지 않으면 생각나지도 않을 거란 생각에 일부러 매장을 돌아간다. 그리고 나는 결심한다. 빚을 다 갚을 때까지 참자. 인터넷 쇼핑몰에는 들어가지도 말자. 지금은 참아야 한다.

셋째, 혼자 지내는 생활에 적응하기

지금 내 형편에 친구들과 만나서 한가롭게 술을 마시며 웃고 즐기는 시간을 갖는 것은 사치다. 나는 모든 사람들의 연락을 차단했다. 처음에는 외롭고 쓸쓸했다. 하지만 서서히 혼자 지내는 생활에 적응되었다.

넷째, 불필요한 지출 내역 찾아 정리하기

한 달에 한 번씩 휴대전화로 문자가 왔었다. 멜론 월정액 9,900원, 위디스크 월정액 5,000원, 컬러링 요금 등등 내 통장에서 돈이 빠져나갔다는 문자다. 이전 같으면 신경 쓰지도 않았던 요금들이었지만, 이제는 큰돈이 되었다. 나는 멜론 사이트에 들어가 고객센터에 문의하고 해지를 요청했다. 이제껏 사용도 안 하고, 들어가지도 않았으니 지불한 요금은 취소해 달라고 부탁했다. 그리고 다행스럽게도 환불을 받을 수 있었다. 그밖에도 나는 불필요한 지출 내역을 찾아 모두 해지시켰다.

내가 깨닫고 반성한 것들

빚을 갚아 나가면서 나는 많은 것을 느꼈다. 그중의 하나가 돈을 쓰는 건 너무 쉽지만 돈을 갚거나 버는 일은 무엇 하나 쉬운 게 없다는 사실이다. 힘들게 빚을 갚으면서 과거의 내가 얼마나 돈을 쉽게 생각하고 소비했던 것인지 다시 생각해 보는 기회를 가질 수 있었고, 그때의 나를 반성하고 있다. '지금 깨닫고 반성한 것들을 그때 미리 생각했더라면, 어땠을까?' 하는 푸념도 해 본다. 요즘 나는 전국을 돌아다니며 일을 한다. 이동 시간이 길어진 만큼 과거와 현재를 정리할 시간을 가지게 된다.

- 02 -

도움이 절실한 절박한 상황

두려움은 시도 때도 없이 찾아온다

"두려워하지 마라. 내가 너희와 함께 함이라. 놀라지 마라. 나는 네 하나님이 됨이라. 내가 너를 굳세게 하라. 참으로 너를 도와주리라. 참으로 나의 의로운 오른손으로 너를 붙들리라" (이사야 41:10)

나는 교회에 다니지 않는다. 종교는 없지만 지금 내 처지는 사람의 힘만으로 이겨 내기 힘든 상황이다. 두려움은 시도 때도 없이 나를 찾아온다. 두려움은 내면의 문제이다. 나조차 '이 큰 빚을 갚을 수 있을까?' 하는 의문이 든다. 하지만 갚아야만 하는 게 현실이다. 나에게는 쓸데없는 생각을 하는 것조차도 사치였다. 아무리 벌고 벌어도 빚을 갚고 나면 수중에 남은 돈이 없다. 그러면 나는 다시 허무한 느낌을 받는다. 그리고 스스로가 생각 없이 일만 하는 로봇처럼 느껴졌다. 그래서 나는 신의 도움이 필요하다고 생각했다. 두려움이 찾아올 때마다 간절히 기도했다.

"하나님, 도와주세요. 저는 당신이 필요합니다. 두려움이 찾아올 때 나를 떠나지 말아 주세요."

변하지 않는 현실

나는 쉬는 시간 없이 하루 종일 일에 매진한다. 하지만 업무 외에 내가 꼭 놓치지 않고 하는 것이 있다. 바로 하나님께 기도하는 것이다. 이성적으로 갚을 수 없다고 생각되는 빚을 지게 되었을 때, 내가 의지할 수 있는 것은 하나님과 가족뿐이었다. 어떠한 계획을 세워 실천하고 노력해도 사람이 하는 일에는 한계가 존재하게 마련이다. 그래서 많은 일들이 계획대로 되지 않거나 생각지도 못한 행운이 찾아오기도 한다. 그래서 나는 보이지 않는 하나님께 매일 기도를 한다. '제발 이 힘든 일상에서 벗어나게 도와주세요', '좋은 고객을 만나 오늘 하루도 아무 문제 없이 지나가길 도와주세요', '많은 돈을 벌 수 있게 도와주세요', '제발 빚을 갚을 수 있게 도와주세요'라고 말이다.

하루빨리 이 빚을 다 갚으면 되는데, 이 슬럼프에서 탈출하기만 하면 되는데, 생각보다 용기를 내는 게 쉽지 않았다. 일을 하다가 잘 안 풀리면 나는 또 좌절하고는 했다. '정말 30억을 갚을 수 있을까?', '그냥 모두 포기해야 하나?', '어떻게 하지?'라는 생각이 들었다. 변하지 않는 상황에 실패를 겪을 때마다 두려움이 찾아와서 나를 괴롭혔다.

몸으로 부딪히며 얻는 깨달음

내가 중고차 관련 일을 하기 전에 함께 산에 올라가 조깅을 하던 친구가 있었다. 그 친구의 꿈은 음악을 다루는 거였다. 친구는 제2의 서태지가 되고 싶다고 했다. 잘생긴 얼굴에 운동도 잘하고, 기타도 잘 치고 내가 보기에는 완벽했는데 본인은 자기가 못났다며 늘 부정적인 말을 했다. 그러던 어느 날, 운동을 하러 가려는데 이상한 소문이 들렸다. 함께 조깅을 하던 친구가 혼자 여관에서 청산가리를 먹고 죽었다는 것이다. 처음에 나는 말 같지도 않은 농담을 하냐며 믿지 않았다. 하지만 친구에게 연락을 취하자 연결이 되지 않았다. 계속 연락을 시도했다. 그리고 누군가가 전화를 받았다. 받은 사람은 친구의 친동생이었다. 동생은 형에게 안 좋은 일이 생겨서 지금 장례식장으로 가고 있다고 했다.

그제야 나는 소문이 사실이었다는 것을 알게 되었다. 믿어지지 않았다. 당시 우리의 나이는 겨우 23세였다. 아직 한참 어린 나이인데, 말도 안 되는 현실을 마주한 지금의 상황이 너무 속상했다. 그렇게 나는 소중한 친구를 잃었다.

그 후 나는 혼자 운동할 때면, 하늘로 간 친구를 생각한다. 그럴 때면 그 친구가 마치 내 옆에서 같이 있는 듯한 착각에 빠진다. 친구가 이 세상에 없다는 사실을 받아들이기 힘들었다.

희망이란 희망은 다 사라지고, 내가 깊은 절망에 빠졌을 때였다. 문득 친구가 떠올랐다. 그동안 먹고살기 바빠서, 아니, 지나친 욕심과 욕망에 눈이 멀어 그 친구를 잊고 살았다는 것을 깨달았다. 그리고 '친구가 얼마나 힘들고 우울증에 시달렸으면 자살을 했을까?' 하는 생각이 들었다.

나는 지금도 살아가고 있지만, 가끔 비현실적인 일들을 마주하게 된다. 예상하지 못한 상황에 빠져 있을 때, 현실을 부정하고 싶기도 하고, 자고 일어나면 아무 일 없이 모든 것이 제자리로 돌아와 있기를 꿈꾸기도 한다. 하지만 스스로 만든 희망은 그리 오래가지 않는다. 사람이 자신의 운명과 시련을 받아들이는 과정, 다시 말해 자신의 십자가를 짊어지고 나아가는 과정은 그 사람으로 하여금 삶에 보다 깊은 의미를 부여할 수 있다고 생각한다. 심지어 나처럼 말도 안 되는 빚을 지고 있는 어려운 상황에서도 그 과정은 존재한다. 나는 빚을 갚으면서 살아가는 삶에는 분명히 이유가 있을 것이라고 생각한다. 빚을 갚아 나가는 과정에서, 그리고 그 시련 속에서 나는 많은 것을 배웠다. 그리고 지금도 매일 몸으로 부딪히며 고통을 받지만, 그 안에서 여러 깨달음을 얻고 있다.

"하나님, 제가 시련을 통해 깨달음을 얻어 또다시 이 고통스러운 상황에 빠지지 않게 도와주세요. 지금 이 순간 저는 하나님이 필요합니다. 제발 저를 버리지 마시고, 힘든 순간에도 늘 함께해 주시길 기도드립니다."

- 03 -

나는 포기하는 법을 배우지 못했다

내가 포기하지 않고 열심히 살아가는 이유

사람이라면 누구나 친구, 가족, 연인에게 이해와 인정, 지지를 받고 싶어한다. 사랑을 주고받거나 집단에 속하고 싶어한다. 그러나 과연 기대고 싶은 사람이 있다는 건 행복한 일일까?

나는 지금 기댈 사람이 없다. 어디 가서 이야기할 곳도, 하소연할 곳도 없다. 어릴 적부터 힘든 일이 있거나 사고를 쳐도 나는 늘 혼자 고민하고 혼자 해결해야 했다. 일부는 시간이 지나면서 자연스레 해결되기도 했다.

지금 나는 두 가지 일을 하고 있다. 낮에는 자동차 영업을 하고,

밤에는 작가가 되기 위해서 책을 쓰고 있다. 내 삶은 '한국책쓰기1인창업코칭협회(이하 한책협)'의 김태광 대표 코치님을 만나고 뒤바뀌기 시작했다. 김태광 대표 코치님은 지금 내가 존경하는 스승님이다. 대표 코치님은 23년간 200여 권의 저서를 펴냈고, 8년 동안 900명가량의 작가를 배출했다. 나는 김태광 대표 코치님의 말씀에 감동하여 책을 쓰기 시작했다.

사람들은 빚쟁이가 부지런히 일이나 더 해서 빚이나 빨리 갚을 것이지 책을 쓸 시간이 어디 있냐고 쉽게 말한다. 책을 쓰는 것을 하찮게 생각한다. 하지만 나는 그런 사람들의 부정적인 말을 단 1%도 귀담아 듣지 않는다. 나는 내 소신으로 나아갈 것이다. 가끔은 일을 마치고 책을 쓰려고 펜을 잡거나 노트북을 켜면, 머릿속이 하얗게 되기도 한다. 그럴 때는 아침에 기상할 때부터 밤까지 하루 동안 있었던 사소한 일을 모두 적으면서 정리해 본다. 하루 일과를 정리해 보면, 글을 쓰는 것은 물론 생활에서 해야 할 일과 해서는 안 되는 일을 다시 한 번 체크하게 된다.

어릴 때의 나는 기억력이 좋아 암기력도 월등한 아이였다. 하지만 지금의 나는 돈을 갚아야 된다는 압박과 스트레스로 인해 제정신이 아닐 때가 많다. 가끔은 어떻게 매 순간을 버티고 지내는지 신기할 때도 있다. 앞으로 이런 상황을 더 견뎌 내야 한다는 생각을 하면 끔찍하기까지 하다.

지금 내가 책을 쓰는 이유는 나처럼 빚에 시달려 삶을 포기하거나 파산으로 자기 신용을 버리는 사람들에게 조금이나마 위로가 되고 희망을 주기 위해서다. 나 역시 수십 번, 수백 번 죽을 생각을 하며 살았다. 모든 걸 다 때려치우고 싶을 때도 많았다. 그럼에도 불구하고 내가 끝까지 포기하지 않고 열심히 살아가는 이유는 아직 행복한 미래를 보지 못했기 때문이다. 나는 해낼 수 있다는 의지와 반드시 성공을 해서 그 삶을 살아 보고 싶다는 욕구가 강하다.

지금 내 곁에 남아 있는 소중한 사람들

지금 나는 모든 것을 잃었다. 무엇보다 어머니가 평생 쉬지 못하고 일해서 번 돈과 집을 모두 잃었다. 그래서 나는 더욱 포기할 수 없다.

어머니는 자식의 아픔을 고스란히 자신의 곁으로 품고 살지만, 자식은 어머니의 아픔을 조금도 품을 수 없다. 그것이 낳은 자와 태어난 자의 차이인 것 같다. 그래서 자식은 죽었다 깨어나도 어머니의 마음을 모른다. 이제 38세가 된 나는 어머니의 마음을 조금 이해할 수 있을 것 같다.

긴 고난의 시간 동안 나는 죽고 싶을 정도로 힘들게 견뎠다. 꿈인지 현실인지 자각하지도 못한 채 하루를 버텼다. 한참 시간이 흐른 뒤에야 그때를 돌이켜 볼 수 있었다. 그리고 지금 내 곁에 남아 있는 소중한 사람들에게 새삼 고마움을 느낀다. 나는 내 마음을 표현하는 것에 서툴다. 항상 내 옆을 지켜 주시는 어머니께 사랑하는 마음, 고마운 마음을 잘 표현하지 못했다. 나는 내 이름이 적힌 책을 출간해 어머니께 자랑스러운 아들이 되고 싶은 소망이 있다.

나는 아무것도 포기하기 않는다

내가 힘들 때마다, 일이 잘 안 풀릴 때마다 찾는 곳이 있다. 바로 은행이다. 대출을 받으려고 가는 게 아니다. 힘들고, 일이 잘 안 될 때마다 나는 은행에 가서 적금을 하나씩 들고 왔다. 적금이 늘었으니 더 열심히 일해서 돈을 벌어야 된다는 것을 내 자신에게 상기시켜 주

는 것이다. 은행을 나와서 적금 통장을 보면 기분이 좋고 신이 났다. 새로운 마음가짐으로 일을 시작하고 왠지 일이 잘될 것 같은 기분이 들기도 했다. 그리고 신기하게도 정말 꼬였던 일들이 조금씩 풀리기 시작했다. 그렇게 나는 한 은행에서 든 적금 통장만 20개가 넘었다. 어느 날에는 은행 직원이 나에게 이렇게 말했다.

"또 오셨어요? 너무 무리하시는 거 아니세요? 벌써 내는 돈이 600만 원을 넘었어요."

그때 내 나이 25세였다. 은행 직원은 적금으로 600만 원 이상의 돈을 내는 거는 적은 게 아니라고 말을 해 주면서 무리하지 말라고 걱정을 해 주었다.

언젠가부터 나에게는 이상한 징크스가 생겼다. 내가 생각하는 물건들이 제자리에 없거나 아침부터 계약이 취소되거나 보류되면 이상하게도 하루 종일 일이 잘 안 풀렸다. 이럴 때는 은행에 가지 않는다. 그 정도의 적금이면 충분했다. 정말 징크스의 영향인지는 모르겠지만, 나에게는 꾸준히 은행에 적금을 넣는 일이나 물건이 제자리에 없거나 일이 안 풀리는 일들을 무시할 수만은 없는 것이 되어 버렸다.

지금 내 생활은 견딜 수 없을 정도로 힘이 든다. 적금을 넣어도 일이 잘 안 풀려 스트레스가 쌓이는 날이 수도 없이 반복된다. 당장 주유비와 적금이 걱정이다. 빚을 생각하니 더욱 숨이 막힌다. 하지만 이

것보다 나를 더욱 힘들게 하는 것은 이러한 빈곤이 언제까지 계속될지, 끝이 보이지 않는다는 사실이다. 절망은 미래를 만들어 내지 못하는 마음의 궁핍에서 오는 것 같다는 생각이 든다.

하지만 나를 믿어 주는 가족들과 멘토인 스승님과 지인들 때문이라도 절대 포기할 수 없다. 지금 당장은 힘들겠지만, 언젠가 끝날 것이다. 3년이 걸릴 수 있고, 5년이 걸릴 수도 있다. 지금 내게 필요한 것은 끝까지 견뎌 내는 것이다. 나는 멋지게 성공해서 나를 비웃고 멸시했던 사람들에게 보란 듯이 성공한 모습을 보여 주고 싶다. 나를 믿고 기다려 준 내 지인들과 가족들에게 은혜를 갚고 성공한 사람으로 살아가고 싶다. 어머니에게 자랑스러운 아들이 되고 싶다. 나는 아무것도 포기하기 않을 것이다. 나는 포기하는 법을 배우지 못했다.

- 04 -

30억 빚쟁이로 산다는 것

오해가 낳은 힘 빠지는 상황들

나는 하루에도 몇 번씩 걸려 오는 독촉 전화에 노예처럼 일만 해야 했다. 열심히 일해 번 돈으로 빌린 돈을 갚고 나면, 통장에는 다시 몇천 원의 잔돈만 남는다. 너무 허무하고 절망스럽지만, 원금을 줄여 나간다는 생각으로 위로하고 다시 힘을 냈다. 그러나 휴대전화 요금, 주유비 등으로 지갑 사정을 걱정할 때면, 비참하고 초라해지는 건 어쩔 수 없었다.

요즘 '다이렉트'라는 말이 유행이다. 물건을 파는 사람은 비싸게 받기 위해서, 물건을 사는 사람은 저렴하게 구입하기 위해 다이렉트 거래를 선호한다. 이러한 분위기가 조성된 것은 광고가 한몫했다. 광고는 다이렉트 거래를 하면, 더 저렴하게 구입할 수 있다고 강조한다. 평소 나는 내가 오해받는 것이 싫어서 고객들에게 숨기지 않고 모든 과정을 이야기해 준다. 하지만 내 이야기를 들은 고객들의 반응은 가지각색이다.

오늘도 고객의 차를 처리하러 갔다. 고객은 계속 3,100만 원에 100만 원을 더 얹어 달라고 했다. 그러고는 갑자기 3,200만 원에 판매한다고 기존 입장을 바꿨다.

나는 고객이 말하는 대로 거래처에 이야기를 했다. 거래처 사람들은 어떤 상황인지 모르고 내가 중간에서 장난치는 것으로 오해했다. 처음에는 3,100만 원에 팔겠다고 해서 승낙을 했는데, 왜 갑자기 금액이 바뀔 수 있냐고 되물었다. 나는 고객과 대화한 후, 다시 연락드리겠다고 말했다. 다시 서울로 향했다. 서울로 올라가는 길 내내 마음이 무거웠다. 오늘따라 차는 왜 이렇게 막히는지, 차가 막히니까 생각이 더 많아졌다. 이어 거래처 형에게 전화가 걸려 왔다. 계속 기다리고 있는데, 오늘 거래하러 간 차가 왜 안 나오느냐며, 연락은 왜 또 안 하냐고 따졌다.

그래서 나는 고객과 있었던 상황을 언급하며 내 사정을 전했다. 그러자 거래처 형이 나를 오해하는 듯한 말을 하기 시작했다. 형

은 3,100만 원에 맞춘다고 해서 이미 준비 다 해 놨는데, 왜 금액이 3,200만 원이 되었느냐며 다른 업체와 거래할 거면 하라고 했다. 그러면서 서운한 일이 많았다면서 지난 일들을 하나하나 들추었다.

사실 따지고 보면, 힘들게 고생하고 헛걸음한 건 나였다. 하지만 가깝다고 생각한 거래처 지인들은 나를 믿고 격려해 주기는커녕 오히려 나를 의심하고 오해했다. 만약 내가 빚이 없다면, 사람들에게 아쉬운 소리를 하지 않고 살 수 있을 텐데… 언제까지 돈의 노예로 살아야 되는 걸까? 아무리 힘을 내려고 해 봐도 이런 일이 생길 때마다 힘이 쭉 빠진다.

미래를 위해서 현재를 견뎌 내는 삶

남들은 말한다. 그렇게 버는 족족 빚을 갚는다고 해서 그 사람들이 인정해 주냐고. 사람들은 어떻게든 빨리 자신의 돈을 받으려고만 한다. 사람이 자기 운명과 삶의 무게를 짊어지고 그에 따르는 시련을 받아들이는 과정은 두 가지 결과를 가져다준다. 하나는 그의 삶이 용감하고, 품위 있고, 헌신적인 것이 될 수 있는 것이고, 다른 하나는 자기 보존을 위한 치열한 싸움에서 인간으로서의 존엄성을 잃고 동물과 같은 존재가 될 수 있는 것이다. 이 상황에서 삶의 가치를 획득할 기회를 잡을 것인가, 말 것인가의 선택권은 시련을 견디는 사람에게 주어진다. 그리고 이때의 선택은 그가 자신의 시련을 이겨 내면서 그의 삶을 가치 있는 것으로 만드느냐, 아니냐를 판가름하는 기준이 되기도 한다.

내게 빚을 갚아 나가는 과정에서 가장 힘든 것이 무엇이었냐고 묻는다면, 나는 앞으로 얼마나 오랫동안 빚을 갚는 생활을 해야 하는지 알지 못하는 것이라고 대답할 것이다. 언제 끝나는 것일까? 아니, 끝이 있기는 한 것일까? 나처럼 말도 안 되는 금액의 빚을 지어 보지 않은 사람은 이 막막한 현실을 상상조차 하지 못할 것이다. 알 수 없는 미래를 위해서 현재를 견뎌 내는 삶이 나를 절망 중에서도 가장 깊은 곳으로 밀어 넣었다. 내 삶의 형태가 어떻게 끝날 것인지, 끝난다면 과연 언제, 어떻게 끝날 것인지 예상을 해 보는 것은 아무 의미도 없고 가능하지도 않았다.

먼저 미래에 대한 희망을 볼 수 있어야 한다

'finis'라는 라틴어는 두 가지 의미가 있다고 한다. 하나는 끝이나 완성을 의미하고, 하나는 이루어야 할 목표를 의미한다. 내가 꿈꾸는 목표는 지금의 내 현실이 끝나야 완성되는 것일까? 빚을 다 갚아야 다시 시작할 수 있는 목표를 세울 수 있을 텐데, 나는 아직 출발선에 서지도 못한 기분이다. 아직 나는 평범한 삶을 살 수 있는 기회도 잡지 못한 채 살고 있다. 아니, 오히려 점점 뒤로 가는 듯하다. 극단적이기는 하지만, 이 상황은 마치 실직자와 비슷하다고 느껴졌다.

하루라는 시간이 영원할 것처럼 길게 느껴져도 힘겹게 버텼는데,

다음날 또 같은 하루가 반복된다. 심적으로 힘든 일이라도 생기면 하루가 일주일보다 더 길게 느껴지기도 한다. 그리고 다시 나 자신을 원망하고 영혼을 갉아먹는 생각을 하게 된다. 나는 미래가 보이지 않는 현실에서 또다시 시험대 위로 올라선다. 현실을 부정하고 과거에 집착할 것인지, 아니면 두려움과 공포로 가득한 현재를 받아들이고 이겨 내기 위해서 살 것인지…. 선택의 순간에서 나는 내가 사람으로서 최소한 버리지 말아야 할 것을 부여잡고 힘겹게 하루를 견뎌 낸다.

30억 빚쟁이로 산다는 것은 매 순간 고통과 절망 속에서 사는 것과 같다. 미래를 그려볼 수 없는 현실을 살아간다는 것은 몸과 마음을 지치게 만들고 나를 포기하고 싶게 한다. 이런 어려운 상황을 통해서 내가 얻을 수 있는 것은 무엇일까? 실패와 고통 속에서 힘겹게 버티며 빚을 다 갚는다고 해서 내 삶에서 달라지는 것은 무엇일까? 나는 내가 이 현실에서 견디고 살아남기 위해서는 먼저 미래에 대한 희망을 볼 수 있어야 한다고 생각했다. 니체는 다음과 같이 말했다.

"'왜' 살아야 하는지 아는 사람은 그 '어떠한' 상황도 견딜 수 있다."

- 05 -

매 순간
새가슴이 되는 현실

머릿속을 지배하는 불안

나는 휴대전화를 항상 진동으로 해 놓는다. 벨소리가 울리면 가슴이 내려앉을 뿐 아니라 통화 내용을 다른 사람들이 들을까 두렵기 때문이다. 오늘도 어김없이 진동이 울린다. 역시나 돈 달라는 전화다. 받기가 싫지만 안 받으면 그 뒤에 또 엄청난 욕을 듣는다.

통화를 끊고 나면, 나는 또 우울해지고 죽고 싶어진다. "아, 힘들다."라고 한숨 섞인 푸념은 이제 습관이 되어 버렸다. 그러고는 갑자기 죽은 친구가 생각난다.

사람은 시간이 지나면 환경에 적응해 가는 동물이라고 하지 않던가? 나 역시 시간이 지나서 친구를 잃은 슬픔도 잊고 지낸다. 지금 나는 처한 상황 때문에 하루하루 노예처럼 살아가고 있다. 그래서 살아 있어도 아무런 삶의 의미를 찾지 못한다. 그렇게 나에게 시간은 무의미하게 흘러간다. 누구에게나 똑같이 주어진 24시간이 나에게는 고통이고 절망의 시간이다. 지친 몸을 이끌고 잠을 자려고 해도 당장 내일 또 사람들한테 시달리는 상상을 하면 괴로움에 잠을 이룰 수가 없다. 그래서 나는 수면제를 처방받기로 결심하고, 상담을 받기 위해 정신과에 갔다.

"요즘 무엇이 가장 고민인가요?"

"모든 사람들이 저를 비난하고 욕하는 것 같습니다. 돈을 갚아야 된다는 불안감 때문에 잠도 안 오고 미칠 것 같습니다."

"환청도 들리십니까?"

"네. 누가 날 감시하는 것 같고, 내 귀에다가 이상한 소리를 내는 것 같아요."

"그게 어떤 소리인가요?"

"죽여 버린다와 같은 온갖 협박과 욕을 해요."

"언제부터 환청을 들으셨습니까?"

"25세 때부터 이상한 소리가 들렸고, 누군가가 지켜보고 있는 것 같아요. 그래서 주위를 둘러보고는 합니다."

"뇌수막염으로 수술 입원도 하셨는데, 맞나요?"

"네. 갑자기 일하다가 머리가 너무 무거워 두통인 줄 알았는데, 고개를 들지 못했습니다. 한의원에 가서 머리에 침을 맡고 1시간 후 나왔는데, 다시 머리가 너무 아팠어요. 그러다가 결국 119 구급차에 실려 세브란스 병원으로 갔습니다. 병원에서 진료를 받았더니 뇌수막염이라고, 뇌에 물이 찼다고 했습니다. 스트레스와 수면 부족에다가 면역력이 떨어진 게 원인이라고 하더라고요. 그래서 척추에 20센티미터 정도의 바늘을 꽂고 골수를 뽑았습니다."

"지금은 어떠신가요?"

"스트레스가 심해 머리가 터질 것 같아요."

"그럼 오늘은 신경안정제를 처방해 줄 테니까 먹어보고, 경과를 보겠습니다."

그렇게 나는 처음 수면제와 신경안정제를 먹기 시작했다. 약을 먹으면 조금씩 어지러워지면서 온몸이 느슨해지고 힘이 빠졌다. 그리고 언제 잠이 들었는지도 모르게 누워서 잠이 들었다. 아침에 일어나면 잔 것 같지만 잠이 안 깨서 묘한 기분이 들었다. 하지만 이런 기분도 잠시, 또 불안한 생각이 머릿속을 지배하기 시작했다.

이대로 무너지기에 너무나 소중한 인생

몸과 정신이 다양한 방식으로 비명을 지르고서야 내 몸 상태를 깨닫게 된다. '애초에 빚을 지지 않았으면 이렇게 무리하게 나 자신을 몰아붙이는 일도 없었을 텐데…' 하는 생각에 자괴감이 들었다. 신경 안정제를 먹어야만 잠이 들 수 있는 나 자신을 궁지로 내몰았다. 지금의 상황을 만든 사람은 바로 나다. 다른 누구의 탓도 아닌, 내가 만들어 낸 결과다. 이 사실을 받아들이고 인정하기까지 정말 힘들었다. 지금까지 나는 스스로 실패한 사람으로 만들었다. 나를 괴롭힌다고 상황이 달라지는 것도 아닌데 그렇게 스스로를 구속했다.

지금의 상황에도 내가 파산하지 않고 끊임없이 빚을 갚는 것은 내 인생을 포기하는 결과를 용납할 수 없었기 때문이다. 이대로 무너지기에 내 인생은 너무나 소중하고, 자존심도 허락하지 않았다. 오늘도 나는 쉬지 않고 일하고 있다. 끊임없이 오는 독촉 전화에 새가슴이 되지만, 빚을 깔끔하게 청산해 미래에 보란 듯이 성공할 것이다.

- 06 -

오늘도 어김없이 찾아온 돌발 상황

어제와 같은 오늘

어제는 잠을 푹 자지 못해 아침에 눈을 뜨는 게 힘들었다. 나는 반수면 상태로 밤을 지새우다 결국 휴대전화 알람이 울려 몸을 일으켜야 했다.

오늘은 아침 일찍 인천 송도에 가서 고객을 모시고 안산으로 가는 날이었다. 나는 피곤한 몸을 이끌고 따뜻한 물로 샤워를 한 뒤, 찬물로 잠이 깰 때까지 세수를 했다. 잠은 조금씩 깨는 것 같았지만 몸은 여전히 무거웠다. 억지로 밖으로 나와 차를 타고 인천 송도로 향했다. 오늘은 유난히 햇볕이 따가웠다.

오랜만에 오는 인천 송도. 송도는 깨끗한 공기, 큰 건물들, 넓은 도로, 한적한 여유가 느껴지는 도시다. 마침내 고객의 집이 있는 송도 더샵 아파트에 도착했다. 약속 시간에 맞춰 고객을 만나 함께 벤츠 신형 S400을 타고 안산으로 향했다. 안산으로 가는 이유는 바로 이 차량을 처리하기 위해서다. 약속시간은 오전 11시였지만 생각보다 일찍 도착해 고객과 나는 음료수를 마시며 기다렸다. 드디어 차를 매입하기로 하신 분이 도착했다.

"안녕하세요."

매입자와 인사를 나누고 우리는 벤츠 차량의 성능 검사를 맡기러 갔다. 차량 가격이 1억 원이 넘다 보니 검사하는 게 까다로웠다. 검사가 끝난 후, 진행하자는 말을 믿고 고객과 다시 송도로 향했다.

어김없이 찾아온 예상치 못한 상황

이번에 만난 고객은 처음 거래하는 분이었다. 이런저런 이야기를 나누며 친해진 고객과 함께 서류를 발급받기 위해 송도 주민 센터를 방문했다. 소개해 준 분께 어떤 서류가 필요한 건지 확인 차 전화를 했다. 하지만 아무리 연락해도 전화를 받지 않았다. 그래서 매입자를 소개해 준 동생에게 연락을 했다.

"네가 소개해 준 분이 전화를 안 받아. 어떻게 된 거야?"

"네, 형. 제가 한번 연락해 볼게요. 잠깐 기다려 보세요."

나는 그 말을 믿고 고객한테 잠시 기다려 달라고 했다. 고객은 바쁘다며 빨리 처리해 달라고 했다. 이전의 경험이 있어서 갑자기 불안한 생각이 들었다. '영업하는 사람이 전화를 안 받을 리가 없는데…'라고 잠시 생각하다가 '아닐 거야'라고 스스로 다독였다. 잠시 후, 동생에게서 전화가 왔다.

"형, 잠시 기다려 달라고 하네요. 사장님하고 이야기 중이라고요."

나는 그 말을 다시 고객에게 전했다. 고객은 내 말을 믿고 기다렸다. 10분, 20분, 점점 시간이 흘렀다. 고객이 짜증이 났는지 갑자기 나한테 화를 내면서 말했다.

"왜 처리가 안 되냐고요!"

나는 다시 동생에게 전화를 해서 어떻게 된 건지 확인했다. 동생은 계속 기다려 달라고 했다. 슬슬 나도 짜증이 났다. 시간은 계속 흐르고 40분이 지나자 나도 화가 났다.

"너는 어디야? 왜 안 와?"

화난 목소리로 다그치자 동생도 당황한 듯한 목소리로 대답했다.

"형, 저는 이제 도착해요. 조금만 기다려 주세요. 그런데 제가 소개한 분이 전화를 안 받아요."

이 말을 듣는 순간 내 생각이 맞았다는 생각을 했다. 고객도 기다리다 지쳐 이제는 대놓고 짜증을 냈다.

"지금 바쁜 사람 붙잡고 뭐 하자는 겁니까? 왜 일 처리를 이따위로 하세요? 빨리 처리하세요."

나는 고객에게 상황을 다 설명했다. 그러자 고객은 더 화를 냈다.

"장난하세요? 아침 일찍 안산까지 가서 검사 받고, 몇 시간 동안 사람 기다리게 하고. 지금 뭐 하는 겁니까! 빨리 처리하세요!"

그때 마침 동생에게 전화가 와서 고객과 셋이 대화를 하게 되었다. 동생이 자초지종을 말했지만 고객의 화는 풀릴 기미가 보이지 않았다. 오히려 더 화를 내면서 빨리 처리하라고, 안 그러면 못 간다고 으박질렀다. 그래서 나는 고객에게 오후까지 꼭 처리해 드릴 것을 약속하고 먼저 들어가 있으라고 했다. 하지만 고객은 못 미더워했다. 나는 내 주민등록증을 주며 어떻게든 처리할 테니 만약 연락 안 되고, 처리 안 되면 찾아오라고 했다. 그렇게 모두 헤어졌다.

나는 아는 사장님들에게 전화를 걸었다. 지금 상황을 순서대로 말하고 도움을 청했다. 하지만 소용없었다. 각각 저마다의 이유를 대며 도움의 손길을 내밀지 않았다. 나중에는 더 이상 부탁할 곳이 없었다. 정 안 되면 내 돈을 보태서라도 처리해 달라고 하는 방법밖에는 없었다.

한참 시간이 지나고 동생에게 연락이 왔다.

"형, 그 차량 아시는 분이 처리해 준대요."

정말 반가운 소식이었다. 나는 동생과 전화를 끊고 바로 고객에게 이 소식을 알렸다. 그렇게 어렵사리 일을 해결할 수 있었다. 잔뜩 화가 났었던 고객과 다시 화해를 했다. 고객은 자신이 화를 낸 것에 대해 사과하면서 끝까지 책임 있게 처리해 줘서 감사하다고도 했다.

- 07 -

죽을힘을 다해도 늘 비어 있는 통장

어떻게 하면 빚을 청산할 수 있을까

"오늘은 얼마 보낼 거야?"

이른 아침부터 내가 확인하는 문자는 대체적으로 이렇다. 나는 늘 보냈던 것처럼 "씻고 송금 후에 문자 드릴게요."라고 답장을 보낸다. 그러고 나서 은행 ATM기로 달려가 송금한다. 어차피 오래 갖고 있으면 내 돈처럼 생각될 것 같아서 빨리 돈을 보낸다.

"지금 돈 보냈습니다. 확인해 보세요."

돈을 보내고 나면 통장 잔고는 다시 1만 원도 남지 않는다. 노트를 꺼내 오늘 돈 보낸 것을 기록한다. 그래도 빚이 줄어가니까 기분은 후련하기도 하다. 아직 갚아야 할 빚이 많이 남아 있지만, 오늘도 열심히 일하러 다시 발을 움직인다.

언젠가 차를 타고 영업을 하러 가는 길에 갑자기 차에서 경고등이 하나 떴다. 주유 경고등이었다. 돈 갚느라 정신이 없어서 오늘 필요한 주유비도 빼놓지 않았다. 통장에 1만 원도 안 남았는데, 큰일이었다. 누구한테 주유비를 빌려 달라는 말도 안 나왔다. 혹시 말을 했다가 빌려주지 않으면 자존심이 더 상할까 봐 두렵기도 했던 것 같다. 날씨도 더운데 에어컨도 틀지 못했다. 기름이 더 빨리 소진되기 때문이다.

이 지긋지긋한 거지같은 생활. 배가 고픈 건 적응이 돼서 이제 먹지 않아도 참을 만하다. 하지만 차를 몰고 다니다가 기름이 없어 멈출 것 같은 불안함은 정말 끔찍하다. 실제로, 신호등 앞에서 차가 멈춘 적이 있다. 뒤에서 차들은 빵빵대고, 나는 기어를 중립에 놓고 차를 밀어 길가에 세우려고 했다. 지나가던 사람들이 이를 불쌍하게 여겼는지 도와주었다. 처음 겪은 일이라 어찌할 바를 몰랐다. 여러 생각을 거듭한 끝에 문득 기억 하나가 떠올랐다. 자동차 보험회사를 통해 주유 서비스를 이용할 수 있는 게 생각난 것이다. 나는 바로 보험회사에 전화를 했다.

"여기 강서구 마곡동 수명산 파크 앞인데요. 기름이 없어 차를 운행할 수가 없습니다."

"근처 가까운 기사님이 출동해서 주유해 드릴 겁니다. 조금만 기다려 주세요."

나는 기사님이 올 때까지 기다렸다. 거지같은 생활에 스스로 참 한심해 보였다. 잠시 후, 기사님으로부터 전화가 왔고, 내 위치를 말씀드렸다. 기사님 덕분에 기사회생으로 주유를 하고 무사히 그 상황에서 벗어날 수 있었다.

나는 한 달 내내 쉬지 않고 일을 한다. 그리고 월말이 되면 돈을 갚으라는 연락을 수없이 받는다. 물론 내가 잘못해서 원인을 제공했으니 미안한 마음뿐이다. 그래서 그 사람들을 원망하지는 않는다. 그러던 중, 나는 열심히 일해 여러 명에게 빚을 나누어 갚아도 실상 그들의 지갑에는 크게 차이가 없다는 걸 알았다. 내가 아무리 일을 해도 벌 수 있는 금액은 한계가 있었다. 한 달에 1,000만 원을 벌어 10명에게 100만 원씩 갚아도 그 사람들한테는 티도 안 나는 금액인 것이다.

한동안 고정된 수입으로 어떻게 빚을 다 갚아야 할지 고민을 하며 지냈다. 그러던 어느 날, 내가 아는 대표님이 차비와 밥값은 빼놓고 매달 1,000만 원을 벌면 700만 원, 800만 원씩 갚아서 채권자의 수를 줄여가라고 말씀해 주셨다. 하지만 그런 방법을 이용하면 선택되지 않은 나머지 사람들이 참고 기다려 줄까? 서로 받으려고 하는 판에 양해를 구할 수 있을지 의문이었다. 그러나 이 또한 잠과 먹는 것을 줄이고, 돈을 아무리 아껴 봐도 한계가 있었다.

'어떻게 하면 빚을 청산할 수 있을까?'

돈을 버는 것은 결코 쉽지 않다

빚을 지기 전에 나는 퇴근 후 집에서 휴식을 취하다가 헬스장에 갔다. 하지만 지금은 운동할 마음의 여유조차 없다. 돈에 쫓기듯이 하루하루 살아가기 바쁘다. 나는 저녁 9시부터 새벽 2시까지 시간을 활용해 할 수 있는 일을 찾아보기로 했다. 시간대가 애매해서 어떤 일을 해야 할지 몰랐다. 그래서 상대적으로 시간대가 자유로운 대리운전을 시작해 보았다. 대리운전은 내가 원하는 시간에 할 수 있는 일이었다. 휴대전화에 어플을 설치하고 10만 원어치 충전을 했다. 지금 내가 있는 위치에서 가까운 거리에서 콜을 잡으면 일이 진행되는 것이다. 처음에는 하도 정신없이 콜이 들어와서 혼란스러웠다. 시간과 비용의 효율성을 따지며 선택하려고 하면 그 사이에 누군가가 콜을 낚아챘다. 보통 이 분야에 종사하는 사람들은 우선 비싼 요금의 콜을 잡고, 이후 3건 이상 더 하고 퇴근한다고 한다. 나는 이제 시작하는 단계여서 근처 가까운 곳으로 하나 잡았다.

화곡역에서 인천까지 가는 것으로, 요금은 2만 원이었다. 일단 콜을 잡아 놓고 화곡역을 향해 가는데 손님에게서 연락이 왔다. 술이 조금 취한 듯한 목소리로 빨리 와 달라고 했다. 나는 허겁지겁 뛰었다. 기다리던 손님을 만나 주소를 확인한 후, 출발했다. 처음 시작하는 대리운전, 손님은 취해 있었다. 나는 '집에 도착했는데 손님이 일어나지 않으면 어떡하지?' 하는 걱정이 앞섰다. 그래서 손님을 틈틈이 확인하며 서둘러 인천을 향해 달렸다. 드디어 목적지에 도착해 손님을 깨우고 다시 큰길 쪽을 향해 뛰었다. 그렇게 나는 대리운전 1건으로 회사에 20% 떼어 주고, 16,000원을 벌었다.

밤 11시가 조금 지난 시간, 나는 인천에서 서울로 가는 콜을 잡으려고 했다. 하지만 잡는 데 어려움이 있었다. 점점 시간이 흐르고 마침 목적지가 영등포인 콜 하나가 떠서 얼른 그것을 잡았다. 하지만 출발지가 인천이어도 이곳의 지리를 퍽 알지 못해 찾아가는 데 시간이 꽤 걸렸다.

그리고 고객을 만나 영등포로 향했다. 대리기사 일도 진짜 쉬운 게 아니었다. 손님이 있는 곳까지 빨리 가는 방법조차 쉬운 게 아니었다. 걸어서, 뛰어서, 짧게는 2킬로미터 멀게는 5킬로미터를 이동해야 했다. 또한 목적지에 도착했는데 그곳이 허허벌판일 때는 다시 돌아가는 것도 큰 문제였다. 그럼에도 시간에 제약이 없고, 열심히만 하면 하루에 5만 원, 7만 원도 벌 수 있다고 다른 기사님들이 말해 주었다.

나는 손님을 영등포로 모셔다 드리고 새벽 12시 30분이 넘어서야 집으로 갈 수 있었다. 하지만 버스 막차는 이미 끊긴 후였다. 그래서 할 수 없이 택시를 타고 집으로 향했다. 오늘은 대리운전 2건을 해서 회사에 20% 떼어 주고 32,000원을 벌었다. 그리고 택시요금으로 5,500원을 사용하자 실수익금이 27,000원 정도 되었다. 나는 27,000원을 들고 집에 들어가서 허기진 배를 채웠다. 돈을 쓸 때는 몰랐는데, 막상 돈을 벌려고 하니 결코 쉽지 않다는 걸 다시 한 번 깨닫게 되었다.

- 08 -

나는 영원히 돈 잘 벌 줄 알았다

내가 주식을 사는 비법

오늘은 아침에 개운하게 일어났다. 늘 아침에 잠에서 깰 때면 피곤함이 가시지 않아서 힘들었고 빚에 대한 두려움에 시달려 눈을 뜨는 게 싫었다. 하지만 오늘 아침, 휴대전화를 통해 주식 장을 보며 오랜만에 기분이 좋았다. 평소 나는 주식을 오전 9시부터 오후 3시까지 사고팔면서 돈을 벌었다. '오늘은 어떤 종목을 살까?' 나는 내가 어릴 때부터 지켜본 종목을 샀다. 1억 원어치의 삼성물산 주식을 산 것이다. 1주에 45,000원에 산 주식이 아침 9시 땡하고 움직이기 시작하는 것을 지켜봤다. 계속 상승세였다. 오늘은 내가 산 주식이 쭉쭉 올랐다. 49,000원을 돌파하며 계속 오를 듯 말 듯, 움직이는 화면을 보고 생각했다. '지금 팔까, 말까?' 시세차익이 4,000원이어서 지금 팔아도 수수료 제외하고 대략 800만 원을 번 것이다.

거래처에서 전화 오는 시간이 돼서 그냥 여기서 팔기로 하고 매도 주문을 걸었다. 49,000원에 즉시 매도. 하루 만에 1억 원을 투자해서 800만 원을 벌었다. 너무 신났다. 아침부터 나는 800만 원을 벌고 하루를 시작했다. 그리고 또다시 일상으로 돌아가 바쁘게 일을 했다. 오늘은 머릿속에 내가 판 종목인 삼성물산이 얼마나 올랐을지 궁금해졌다. 휴대전화로 다시 주식 장에 들어갔다. 나는 깜짝 놀랐다. 49,000원에 판매했던 주식이 51,200원이 되었다. 오늘은 정말 대박인 날이다. 삼성물산의 주가가 이렇게 오르는 건 흔치 않았다. 나는 속으로 '조금만 더 있다가 팔걸… 그랬으면 1,000만 원을 넘게 벌 수 있었는데…' 하는 아쉬움이 생겼다. 오늘 이 정도만 번 것도 많이 번 건데, 사람 욕심이라는 게 끝이 없다고 느꼈던 순간이었다.

일하는 내내 주식만 떠올리면 아쉬운 생각이 들었다. 오늘은 하는 일이 다 잘되었다. 차를 거래하는 고객들을 만나도 계약이 술술 잘되는 것이었다. 너무 행복했다. 매일 오늘만 같았으면 금방 빚을 갚고 부자가 될 수 있다는 생각에 기분이 너무 좋았다. 하지만 이 돈도 며칠 뒤에는 또 이자로 보내 줘야 한다. 오늘 하루 번 돈으로는 한 달 이자를 내기에도 턱없이 부족하다. 나는 내일 또 어떤 종목을 사야 하는지 연구한다. 나의 일과는 아침에 주식을 사고 오후에는 자동차 영업을 하러 전국 방방곡곡을 다니는 것이다. 내가 사는 종목들이 매일 오늘같이 오르는 건 아니다. 떨어지는 날도 있다. 내가 주식을 사는 비법은 이렇다.

1억 원을 가지고 한 가지 종목을 산다. 오늘 삼성물산 주식을 45,000원에 매수했는데, 주식이 떨어져 43,000원, 42,000원으로 내려간다. 그럼 나는 일단 3,000만 원 정도만 매수한다. 그리고 반응을 본다. 내가 산 주식이 오르면 가만히 기다린다. 다시 내가 원하는 목표 금액이 되면 그때 매도한다. 만약 떨어지면 거래했던 종목을 5,000만 원 정도 다시 매수한다.

나는 휴대전화를 보지 않는다. 그리고 열심히 일하고 주식 장이 끝나기 1시간 전에 다시 들어가서 확인을 한다. 현재 내가 산 종목의 현재가는 43,000원이고, 매수한 금액보다 1,000원이 올랐다. 이렇게 되면 손해가 줄어든다. 보통 사람들은 단기간에 엄청 오를 작전 주라는 종목을 싸게 사서 몇백 원 오르면 바로 판다. 이러한 과정을 여러 번 반복한다. 그러다 며칠 지나면 딴 돈은커녕 원금마저 잃어서 난리를 친다. 내가 매수하는 종목은 떨어져도 크게 손실을 보지 않는다. 코스피 종목은 어린아이들도 아는 회사의 주식을 구매한다.

처음으로 단기간에 돈을 벌어들이다

자동차 판매 역시 너무 잘 나갔었다. 차를 사 오면 사 오는 대로 판매되었다. 다른 사람들은 생각하지 않는 차도 내가 사 오면 기대 이상으로 잘 팔렸다. 그 당시 이효리가 타는 차량이 한창 유행이었다. 일본에서 건너온 '박스카'. 나는 처음 그 차를 보고 반드시 뜰 것이라는 느낌이 왔다. 주위 동료들에게 "이효리가 타고 다니는 차량을 사서 팔면 어떨까?"라고 묻자 누가 한국에서 우핸들 차를 타겠냐고 했다. 하지만 내 생각에는 잘 팔릴 것 같았다. 차 이름은 '큐브'였다. 당시 그 차는 잘 알려지지 않아서 나에게도 모험이었다. 인터넷으로 일본 차에 대한 정보를 알아보았다. 그리고 일단 차를 한 대 구매해서 내가 직접 타 봐야겠다는 생각이 들었다.

내가 처음 구매한 차는 큐브 2004년 모델 진주색이었다. 우핸들 차량 운전을 해 보았는데 별 문제는 없었다. 차량 내부를 보았다. 실내 옵션은 그다지 있는 것이 없었다. 나는 이 차를 예쁘게 꾸며서 팔아야겠다고 생각이 들었다. 그래서 내비게이션을 장착하고, 외관은 구색을 맞춰 더 예쁘게 꾸미기로 했다. 그렇게 상품의 값을 올려서 팔기로 결심했다. 하나씩 꾸민 차량을 인터넷 상에서 판매해 보기로 했다. 나는 인터넷 웹사이트인 〈보배드림〉 SK 엔카에 차량 광고를 내었다. 시간이 지나자 모르는 번호로 하나둘 연락이 왔다. 광고를 보고 연락을 한 고객들은 차량에 대해 꼼꼼히 물어보았다.

전화를 건 고객이 해당 차량을 보려면 어디로 가야 하는지 물어보았다. 이후 손님은 직접 회사로 찾아왔다. 나는 해당 차량의 문을 열어 실내를 보여 주고, 시동을 걸어 손님이 직접 시운전을 해 보길 권유했다. 그렇게 한참 시운전을 하고 손님은 그 차를 무척 마음에 들어 했다. 그리고 가격을 물어봤다.

"이 차량은 900만 원입니다."

"가격 조정이 가능한가요?"

내가 이 차가 정말 마음에 드는지 손님에게 묻자, 차가 너무 예쁘고 마음에 든다며, 우핸들도 막상 운전을 해 보니까 생각보다 어렵지 않다고 했다. 나도 내 차를 보려고 멀리에서 오신 고객님이 고맙기도 하고 해서 시원하게 50만 원을 빼드리겠다고 얘기했다. 그렇게 말을 하자 손님도 "네, 그럼 바로 지금 계약을 하겠습니다."라고 즉시 구입을 결정했다. 너무 기뻤다. 내가 500만 원이라는 돈을 주고 사 와서 예쁘게 꾸미고 판매하게 되기까지 들어간 부대비용은 대략 100만 원이었다. 600만 원을 투자해서 10일도 안 되는 시간에 250만 원이라는 돈을 벌어들인 것이다.

돈에 돈이 붙던 시절

나는 손님과 인사를 나누면서 이러한 차를 원하는 사람들이 있으면 소개를 해 달라고 부탁했다. 그리고 이번에는 번 돈에 내 돈을 조금 더 보태어 차량 두 대를 샀다. 이렇게 차를 늘려 가면서 일본 차의 다른 모델인 월비, 비비, 마치, 코펜하겐 등 국내에 없는 차들을 사 오기 시작했다. 내 주변 동료들은 "야! 이런 차가 과연 팔리겠어?"라며 걱정스런 말을 해 주었다. 그러나 나는 자신이 있었다. 그렇게 내가 사 온 차를 〈보배드림〉이라는 사이트에 광고를 올리고 연락을 기다렸다. 시간이 지나자 손님들에게 연락이 왔다. 결국, 내가 사 왔던 차는 모두 판매되었다.

나는 손님들에게 계약금 100만 원씩 받고 차를 사 오기 시작했다. 주변에서 내 동료들도 나를 보며 "종혁아, 차를 어디서 사야 하냐?"라며 물어봤다. 나는 더 많이 사올 수 있는 루트를 찾아야 했다. 그러는 과정에서 일본 차량을 전문적으로 정비하는 정비 업체도 알게 되었다. 그렇게 국내에서 일본 차 열풍이 불기 시작했다. 그리고 손님들이 나한테 산 차를 팔지 못해 나한테 되팔기 시작했다. 나는 양쪽에서 수익을 남겼다. 일본 차가 언제까지 인기가 있을지는 모르겠지만, 나는 해당 차를 계속 사 오기 시작했다. 그렇게 몇 년이 지나, 닛산이라는 회사에서 큐브 차량을 정식으로 판매하기 시작했다. 우리나라에 맞춰 좌핸들로 나오는 차량이었다. 그러면서 우핸들 차량의 인기가 사라졌다. 사실 나는 이때만 해도 영원히 돈을 잘 벌 줄 알았다.

HYBRID
MN ZX 2456

PART 3

내가 빚을 갚아 가는 진짜 이유

- 01 -

착한 사람이 강하다

내가 생각하는 착한 사람

저녁 9시가 넘은 시간, 나는 광명역에서 KTX를 타고 동대구를 향해 가고 있다. 늘 나는 자가용을 직접 운전해서 대구, 울산, 부산 등 여러 지방을 홍길동처럼 돌아다닌다. 오늘은 동대구에 가서 차를 직접 보고 구입해서, 그 차를 타고 다시 울산으로 가야 했다.

사람들은 나에게 묻는다. 그렇게 착하게 살면 인생이 편하냐고. 무슨 의미로 살아가냐고. 그렇게 묻는 말에 나의 답은 늘 똑같다. 내가 돈을 빌려 원인을 제공했으니, 책임지기 위해 살아간다고 말이다. 그러면 모두 나에게 미쳤다고 말했다. 그냥 파산하거나 도망가거나 돈을 갚지 말라고 한다. 이렇게 말하는 사람들은 진정 나를 위해 걱정되어서 하는 말일까. 나는 그들의 말을 듣는 게 싫었다. 나를 생각해서 해 주는 말이 오히려 '지금 자신이 처한 상황이 아니라고 말을 쉽게 하는 건가?' 하는 생각을 하게 만들었다.

흔히 누가 착하다고 말할 때, 그 사람이 당신에게 피해를 준 적이 없거나 앞으로도 저 사람이 내 부탁을 잘 들어줄 것 같은 혹은 내 말을 잘 따를 것 같은 사람에게 착하다고 말한다. 어릴 적, 어른들은 나에게 "착한 사람이 되어라!"라고 말했다. 시간이 지나고 어른이 되면서 내가 '착하다'라는 뜻을 이해하는 데는 그리 오래 걸리지 않았다. 적어도 나에게 "착하다!"라고 말하는 상대는 나에게 원하는 대로 행동하길 바라는 마음에서, 심리를 교묘히 조정하기 위한 하나의 술책처럼 사용했다. 하지만 나는 진정으로 착한 사람은 내가 옳다고 믿고 소신 있게 행동하는 사람이라고 생각한다.

돈을 빌릴 때와 갚을 때의 마음

사람들은 돈을 빌릴 때와 갚을 때의 마음이 몹시 다르다. 나 역시 지인들한테 돈을 빌려준 적이 있었다. 내가 혼자 오피스텔에서 살 때의 일이다. 그때는 돈을 많이 벌었던 시기라서 부족함 하나 없이 지내고 있었다. 그러던 중, 보험회사에 다니는 선배가 우리 집에 놀러 온다고 했다. 잠시 후 오랜만에 선배가 내 집을 찾아왔다. 그때 나는 그 선배를 통해 보험을 들었다. 그리고 이런저런 이야기를 하다가 '선물 옵션 주식'이란 것을 알게 되었다. 주식은 어릴 때부터 해 와서 알고 있었지만, '선물 옵션'은 해 보지 않아 아는 게 없었다. 선배는 선물 옵션으로 돈을 많이 벌었다고 했다. 그러더니 나에게도 한번 해 보지 않겠냐고 물었다. 나는 경험이 없다며 제안을 거절했다. 그러자 선배는 자신에게 돈을 맡기면 그 돈을 불려 준다고 했다. 그렇게 나는 선배와 더 깊은 대화를 하게 되었고, 결국 돈을 빌려주게 되었다.

돈을 빌려주고 나는 한 달 동안 바쁘게 일하고 있었다. 그러다 문득 선배에게 돈을 돌려받는 날짜가 오늘임을 알게 되었다. 그동안 선배에게 아무런 연락을 받지 못한 터였다.

"선배, 오늘이 돈 돌려받는 날이에요."

그러자 선배는 나에게 나중에 줘도 되냐고 되물었다. 돈을 나중에 준다는 말에 갑자기 불안했다. 연락도 없고 나중에 갚겠다는 선배의 태도에 실망과 동시에 걱정이 되었다. 하지만 2주가 지나도록 선배에게 돈을 받을 수 없었다. 나는 다시 연락했다.

"형, 언제 되돌려 줄 수 있어요? 저도 빌린 돈이에요."

내 이야기를 듣고 있던 형은 연신 미안하다고만 했다.

앞선 상황과 달리 지금 나는 하루에도 수차례씩 사람들에게 전화를 받는다. 한때 그들은 나로 인해 많은 이득을 취했지만, 지금은 돈

앞에서 냉정하게 굴었다. 내가 돈이 많을 때는 내 편인 것처럼 따르던 사람들이 내가 돈이 없어지자 차갑게 돌아섰다. 나는 돈을 잃어버리면서 같이 떨어져 나간 사람들을 생각했다. 그들은 내가 좋아서 내 옆에 있었던 사람이 아니라 내가 돈이 많아서 나를 이용하려고 했던 사람들이었다.

나는 빚을 갚는 고통 속에서 많은 걸 깨닫는다. 돈이 없더라도 내 곁에 남아 있는 사람, 진정으로 나를 걱정해 주고 위로를 주는 사람들을 위해 나는 힘겹게 살아가고 있다. 빚은 나에게 고통과 시련을 주었지만, 그 시간은 내 편과 내 편이 아닌 사람들을 분류해 주었다. 그때 나는 내 옆에 끝까지 있어 준 사람들을 위해 평생을 다해 은혜를 갚으면서 살아야겠다고 생각했다.

착한 사람이 가지고 있는 강점은 진심이다

나는 나를 이용하다가 떠난 사람들을 보며 생각했다.

'세상에는 착한 사람이 이용당한다. 그리고 빌린 돈을 갚지 않고 개인 파산을 통해 도망가는 것은 옳지 않다.'

나는 개인 파산을 하지 않고 끝까지 버텨 내 곁을 지켜 준 사람들을 위해 다시 성공할 것이다. 나를 비웃고 멸시하던 사람들에게 착한 사람이 강하다는 것을 보여 주고 싶다. 이제까지의 현실을 보면 착한 사람으로 세상을 살아간다는 것은 다른 사람에게 이용당하기 쉽고, 이타적인 행동이 가족, 친구, 나에게 피해를 주는 것이 사실이었다.

한편 다른 사람의 요청을 거절하지 못하고 손해를 입은 것은 전적으로 내 잘못이다. 다른 사람을 진심으로 대하는 사람은 누구에게나 신뢰를 얻을 수 있다. 사람들은 대부분 타인의 진심을 감지하는 '촉'이 발달해 있기 때문이다. 나는 중요한 일을 함께하는 사람들에게 신뢰를 주기 위해서는 올바른 선택을 하고 묵묵히 걸어가야 한다고 생각한다. 이는 시련과 고통을 통해 뒤늦게 깨닫게 된 부분이다. 진심이야말로 착한 사람이 가지고 있는 강점이다.

- 02 -

뱉은 말은 무조건 지켜야 사는 사람

무리하게 추진한 사업들

한창 사업이 잘되었을 때, 나에게 먼저 다가오는 사람들이 있었다. 그들은 나에게 돈을 빌려주고 이자를 받고 싶어 했다. 당시의 나는 그 사람들이 나를 생각해 준다고 생각해 연신 감사하다는 생각을 했다. 그러나 그들에게 빌린 돈은 나에게 독이 되어 돌아왔다. 원금 1억 원에 450만 원이라는 이자를 주는 조건으로 나는 다수의 사람들에게 돈을 빌려 사업을 시작했다. 그때 만약 내가 그들의 제안을 거절했으면 지금의 내 인생은 어떻게 바뀌었을까. 지금 생각해 보면, 나의 20대는 참 어리석고 바보스러웠다. 남들보다 부지런하게 일했지만, 결국 나는 내 돈을 번 것이 아니었다. 잘못된 생각과 실수로 나 자신을 나락으로 빠지게 만들었다.

사람들에게 빌린 돈으로 다른 사업을 하나씩 늘려 갈 때의 나는 마치 누군가에게 홀린 것처럼 행동했다. 손 벌린 사업들은 이전에 해본 적도 없고 알지도 못하는 거였다. 나는 그저 주변 사람들의 말을 믿고 시작했다. 그렇게 시작한 게 모자 사업이었다. 모자 사업을 시작한 계기는 모자 장사를 해 봤는데 꽤 잘됐다는 선배의 말 한 마디였다. 그때의 나는 꾸미는 것을 좋아하고 화려한 것을 좋아했다. 그래서 모자에도 관심이 많아 같이 해 보자고 했던 것이다. 그렇게 나는 빌린 돈을 가지고 3호점까지 무리하게 확장시켰다.

처음에는 장사가 잘되었다. 하지만 점점 사람들의 반응이 줄어들었다. 상황이 좋지 않은데도 나는 본업인 자동차 관련 업무에 치여서 모자 사업에 크게 신경 쓰지 않았다. 몇 주가 지나고 모자가게에 가 보니 손님이 없었다. 그러다 보니 매출도 당연히 형편없었다. 무언가 특별한 방법이 필요했다. 그래서 나는 모자가게를 하는 선배와 함께 시장조사를 했다. 다른 매장에서 파는 모자는 종류가 다양했다. 한편 나는 모자의 가격을 얼마나 책정해야 할지 감을 잡지 못했다. 모자를 얼마의 가격에 몇 개를 팔아야 가게 월세, 직원 월급, 세금까지 잘 해결할 수 있는지 계산이 되지 않았다. 그렇게 나는 제대로 된 정비를 하지 못하고 모자의 양을 더 늘려 매장에 다시 진열했다. 가게의 분위기는 확실히 달라져 있었다. 내 머릿속에는 여전히 '모자를 3,000원에 들여와서 5,000원에 팔면, 2,000원이 남는다. 그러면 어떻게 해야 월세와 직원 월급, 식대 등을 지불할 수 있을까?'라는 고민으로 가득했다.

하지만 나의 고민과 노력에도 불구하고 상황은 나아지지 않았다. 손님은 계속 줄어들었고, 어느 날은 아예 없기도 했다. 나는 '이대로 망하면 빌린 돈들은 어떻게 갚아야 하지?'라는 생각으로 불안했다. 다른 방법이 필요해 보였다. 그래서 선배와 상의했다. 그 결과, 향수와 보조배터리 등의 상품들을 더 들여놓기로 했다. 다른 상품들을 더 진열하자 손님이 다시 찾기 시작하는 것 같았다. '이제 괜찮아지는 건가?' 이러한 생각을 한 것도 잠시, 다시 손님의 발길이 끊겼다. 미칠 것 같았다. 당장 들어가는 비용만 해도 감당하기 벅찼다. 아무리 생각해 봐도 상황을 좋게 만들 방법이 떠오르지 않았다. 그렇게 더 이상 가게를 운영할 여력이 없다고 생각한 나는 가게들을 정리하기로 결심했다.

가게를 정리한다는 내 말에 선배는 감정이 격해졌다. 나에게 화를 내며 자리를 박차고 나갔다. 모자가게는 내게 2억 원이라는 빚을 남겼고, 그 선배와는 멀어지게 되었다.

내 돈과 남의 돈 사이의 선명한 구분선

보통 사람들은 내 돈과 내 돈이 아닌 돈에 대해 다르게 생각한다.

누구나 한 번쯤은 다급해서 돈을 빌려 본 적이 있을 것이다. 돈을 빌리는 순간에는 어떠한가? 누군가가 빌려주면 꼭 갚을 거라는 생각을 한다. 그러나 막상 돈을 빌리고 나면 그 간절했던 마음이 사라진다. 나 역시 누군가에게 돈을 빌려 본 적도 빌려준 적도 있다. 내가 누군가에게 돈을 빌려주면 이후에 그 사람의 태도는 180도 달라진다. 처음에는 꼭 갚을 것처럼 말한다. 하지만 돈을 갚기로 한 약속 날짜가 되면 연락이 없다. 그래서 내가 먼저 연락을 하면 준비하는 대로 보내겠다는 말을 한다. 사람은 화장실 들어갈 때와 나올 때의 생각이 달라진다는 말이 딱 맞는 상황이다. 내 돈이 소중하면 남의 돈도 소중한 것인데 보통 사람들에게는 선명한 구분선이 그어진 듯 보인다.

나는 돈보다 사람을 선택했다

내가 돈을 빌려주었던 형과 한참 지나서 만나게 되었다. 그것도 내가 먼저 연락을 해서 만나게 된 거였다. 언제부터인지 형은 만나기만 하면 늘 힘들다는 말밖에 하지 않았다. 그래서 한동안 형을 만날 때마다 지켜보았다. 형이 힘든 이유는 단 하나였다. 항상 한 가지 일에 집중하지 못했다. 늘 귀가 얇아서인지 여기저기 따라다니다가 정착을 못하는 것이었다. 항상 큰 한 방만을 노리는 것 같았다. 더군다나 형은 늘 힘들다고 불평만 늘어놓으면서 남의 돈을 우습게 생각하고, 갚지 못할 것을 알면서 다른 사람에게 돈을 빌렸다. 그런 형을 내가 무엇을 믿고 그 큰돈을 빌려줬던 것인지 나 자신이 원망스러웠다.

나는 내게 한 약속을 지키려고 노예처럼 살아가는데 내 돈을 빌려 간 형은 나에게 갚을 생각이 없어 보였다. 정말 이해가 안 되는 일이었지만, 나는 어떤 수단을 써도 받을 수 없을 거란 생각에 단념하기로 했다. 그렇게 마음을 정하자, 형을 대하는 내 태도가 달라졌다. 예전에는 조급한 마음에 만나면 돈 얘기부터 꺼냈던 나였다. 형도 그런 내 모습에 미안한 마음이 들었는지 조금씩 갚기 시작했다. 그렇게 돈을 갚던 형은 1,000만 원 정도가 남았을 때 더 이상은 갚기 힘들 것 같다고 얘기했다.

못 받은 1,000만 원이 아쉽기는 했지만, 나는 형의 바뀐 모습이 더 반가웠다. 그리고 나머지 돈은 갚지 않아도 된다고 얘기해 주었다. 형은 내게 정말 고맙다는 말을 했다. 그렇게 나는 돈 대신에 사람을 선택했다. 지금 형은 나와 함께 일을 하러 다닌다. 만약 내가 끝까지 받아 내려고 했다면, 어쩌면 나는 돈과 이 형을 모두 잃었을지도 모르겠다.

- 03 -

일단 일어서기만 하면
삶은 다시 시작된다

가야 할 방향을 모르는 삶

오늘부터 본격적으로 탁송 대리운전을 시작했다. 내가 배차를 잡으면 수익의 20%는 회사에서 가져간다. 목적지는 판교도서관이었다. 분당과 판교는 내가 좋아하는 지역이다. 2만 원에 호출을 잡고 손님이 있는 곳까지 갔다. 고객을 차에 태우고 목적지까지 데려다주었다. 그리고 그곳에서 다른 콜을 잡기 위해 휴대전화를 살폈다. 다음 목적지는 분당 아이파크였다. 배차를 잡으려 클릭을 했는데 대기시간이 1분이었다. 1분이 1시간처럼 길게 느껴졌다. 나는 게임을 하듯이 계속해서 버튼을 눌렀다. 드디어 대기시간이 지났다. 하지만 이미 다른 사람이 배차를 잡아 버린 뒤였다. 너무 아쉬웠지만 다른 좋은 콜이 있을 것이라 믿고 기다렸다. 그리고 목적지가 하남소방서인 콜이 떴다. 요금은 35,000원이었다.

고객을 차에 태우고 하남소방서 방향으로 향했다. 하남은 밤이 되니까 도시가 무척 조용했다. 돌아가는 길이 막막했다. 나는 자고 있던 손님을 한참 동안 깨워 안전하게 집에 모셔다드렸다.

다음 콜을 잡으려고 하니 도저히 걸어서 갈 수 없는 거리였다. 막막했다. 갑자기 내가 아무 생각 없이 술 마시고 대리를 불렀을 때가 생각났다. 입장이 바뀌어야 비로소 다른 사람의 마음이 이해되는 것 같다. 이 외진 곳에서 집에 돌아가려고 하니 마치 낯선 벌판에 남겨진 미아가 된 것 같았다. 마치 가야 할 방향을 모르고 무작정 헤매는 지금의 내 처지와 같다는 생각이 들었다.

삶은 다시 시작된다

처음에는 끝이 안 보였던 길을 계속해서 걷다 보니 드디어 사람이 보이기 시작했다. 얼마나 걸어온 것일까. 다리가 무겁게 느껴졌다. 나는 콜을 잡기 위해 화면을 들여다보며 서 있었다. 좀처럼 근처의 콜이 뜨지 않았다. 사람이 붐비는 곳으로 발걸음을 옮기며 생각했다. '방금 전, 그 외진 곳에서 어디로 가야 할지 모른다고 주저앉아 있었다면 지금 내가 서 있는 곳은 이 아파트 근처가 아니라 아직도 그 외진 곳이었겠지?' 이런 생각을 하자 사는 것도 마찬가지라는 생각이 들었

다. 막막하고 힘들 때 주저앉기만 하면 아무것도 나아지지 않는다는 것을 어렵지 않게 생각할 수 있었다. '그래, 아무리 힘들어도 일단 일어서기만 하면 어떻게든 되겠지. 지금 내가 처한 상황이 끝을 알 수 없는 절망의 연속이라고 해도, 이렇게 열심히 살다 보면 언젠가는 모두 끝낼 수 있을 거야. 그리고 빚을 모두 갚은 뒤에는 진짜 내 인생을 시작해 보는 거야'라고 생각하며 나는 그 자리에 잠시 서 있었다.

이제 막 걸음마를 배우기 시작한 아이가 넘어지면 대부분의 사람들은 당연한 과정이라고 생각한다. 아이는 수없이 넘어져도 다시 일어나서 걷는다. 이와 같이 나도 살다가 크게 넘어진 것이다. 그리고 지금 나는 다시 일어서서 걷기 시작한다. 나는 아직 걸음마를 배우는 중이다. 일단 다시 일어서기만 한다면, 삶은 다시 시작되는 게 우리의 삶이 아닐까.

나는 수많은 시련을 통해 인생에 대한 깊은 고찰을 하게 되었다. 그 과정에서 수없는 좌절도 했다. 하지만 나는 어떠한 시련이 와도 극복할 수 있다는 것을 깨달았다. 혹시 시련에 좌절해서 어떠한 갈피도 잡지 못하고 있다면, 010.4085.5117로 연락해 보자. 함께 깊은 고민을 하면서 지금의 상황을 극복할 수 있을 것이다. 그리고 세상에 극복하지 못할 시련은 없다는 것을 알게 될 것이다.

- 04 -

빚을 갚지 않는 삶이 더 큰 실패다

내가 대화를 주도하는 능력이 생긴 이유

스무 살 때였다. 대학에 들어가고, 성인이 되었다는 생각에 너무 기뻤다. 나는 대학교에 들어가서도 공부하는 걸 좋아하진 않았다. 내 머릿속에는 늘 '어떻게 하면 내가 잠을 자고 있어도 돈이 들어오는 시스템을 만들지?'라는 생각으로 가득 차 있었다. 그때 나는 〈알바천국〉이라는 사이트를 검색해 보게 되었다. 사이트에는 수많은 일거리가 있었다. 구인과 구직, 4년제와 2년제, 고졸 등 다양한 조건의 사람들을 모집하고 있었다. 한참 사이트를 구경하다가, 나는 나에게 맞는 일이 어떤 건지 찾아보게 되었다. 내가 갖고 싶었던 직업 중 하나는 바로 제빵사였다. 내가 만든 빵과 케이크를 사람들이 맛있게 먹는 모습을 상상하며, 멋진 제빵사가 되고 싶었다. 그래서 제빵 기술학원에 다니면서 빵 만드는 것을 배우고, 시청 근처에 있는 파리바게뜨에 취직하게 되었다. 아침 5시에 출근해서 오후 4시에 퇴근을 했다. 평소 하는 일은 간단한 빵 몇 가지와 그날 판매할 케이크를 만드는 것이었고, 이 일들을 끝내면 퇴근 시간이 되었다. 그렇게 몇 달간 일을 했다. 그때 나는 퇴근 시간이 다소 이르다 보니 자주 시청 근처를 돌아볼 수 있었다.

시청을 향해 걸어갈수록 높은 빌딩들이 눈에 보였다. 나는 빌딩들을 보면서 '과연 저 빌딩의 주인은 누구일까? 어떤 사람일까?' 하고 궁금해했다. 또한 '이 빌딩의 가격은 얼마일까?'라는 궁금증도 생겼다. 나는 걷던 길을 멈춰 한참 동안 그 빌딩 앞에 서서 훑어보았다. '나도 이런 건물을 갖고 싶다'라는 생각이 들었다. 그때부터 내 머릿속에는 '저 건물을 가져야겠다'라는 생각이 강하게 자리 잡았고, 이를 목표로 돈을 모으기 시작했다. 보통 스무 살 무렵이면 친구들과 노는 데에 정신이 팔리거나 일찍 군대에 가는데 말이다.

내가 스무 살 대학생이었을 때, 소개팅으로 만난 여자가 있었다. 첫인상이 나쁘지도 않았고, 키도 커서 관심이 생겼다. 그런데 그 아이는 대학교에 가지 않고, 바로 사회에 나가 취업을 한 직장인이었다.

아직 학생 신분을 벗지 못한 나와 달리 벌써 사회에 나가 직장생활을 한다는 것이 멋있어 보였다. 마치 어른들의 세계에서 살고 있는 것처럼 느껴지기도 했다. 하지만 나의 상상과는 달리 그 아이도 나와 같은 또래라는 것을 깨닫기까지는 그리 오래 걸리지 않았다. 오히려 각각 다른 환경에서 오는 생각의 차이는 대화의 소재에 한계를 느끼게 했다. 그 아이는 직장생활을 하면서 받았던 스트레스를 얘기하는데, 나는 교수님의 목소리가 너무 따분해서 집중할 수 없었다는 얘기를 하고는 했다. 서로의 환경이 다르고, 대화가 이어지기 힘들다는 것을 느끼면서 우리는 서로에게 맞지 않는다는 생각을 하고, 그렇게 헤어졌다.

대화를 이어가기 위해서는 비슷한 환경에서 생활하고, 비슷한 경험을 하는 것이 중요하다는 것을 이때 처음 느꼈다. 서로의 말에 공감하고 대답을 하거나 맞장구를 치려면 나도 그와 비슷한 경험을 해보는 것이 중요하다는 생각이 들었다. 그럴 수 없다면, 적어도 상대방을 이해하기 위한 노력을 해야 한다고 생각했다. 지금 내가 중고차 매매를 하면서 여러 부류의 사람들을 만나고, 그들과 대화를 주도할 수 있는 것은 어쩌면 이때 느끼고 생각한 것들이 내 안에 남아 있기 때문이 아닐까? 그러다가 내가 돈을 갚아야 하는 사람들을 떠올렸다. '만약 똑같이 돈을 빌려주고 그 돈을 받지 못하는 상황을 겪는다면, 나는 어떻게 할까?' 이러한 생각을 하자, 그들의 마음을 조금은 이해할 수 있을 것 같았다.

내가 잠시 현실에서 벗어나는 방법

내가 영화를 좋아하는 이유는 하나다. 영화를 볼 때면 그 시간만큼은 다른 생각을 하지 않을 수 있기 때문이다. 매일 일이나 빚 독촉 때문에 받는 스트레스는 말로 표현하지 못할 정도다. 너무 지친 날은 일이 끝나고 집에 들어와 누워도 잠이 오지 않았다. 그래서 나는 잠이 오지 않을 때에는 영화를 보게 되었다. 같은 영화를 6번 정도 본 적도 있었다. 어떤 날은 시간대를 맞추어 연이어 영화를 본 적도 있었다.

하지만 한창 영화를 보고 현실로 돌아오면 나는 또 불안해진다. 내일 아침이 오지 않았으면 좋겠다는 생각을 하며 불안한 마음으로 집으로 향한다. 매일 불안함과 두려움이 교차한다.

나는 평범한 사람이 부자로 성공하는 영화를 좋아한다. 그러한 영화를 보면서 나도 저렇게 되었으면 좋겠다는 상상을 해 보는 것이다.

나는 영화뿐 아니라 명품도 좋아한다. 늘 일만 하는 나에게 인생을 즐기면서 지내라고 말해 주는, 친형처럼 느끼는 형이 있었다. 항상 일이 끝나면 나는 형을 보러 갔다. 형은 요즘 유행하는 의류, 신발 등을 알려 주고, 영업하려면 옷이 중요하다며 내 옷차림을 챙겨 주었다. 항상 한국에 들어오기도 전에 유행하는 걸 미리 알고 나에게 알려 주기도 했다. 나는 그런 형이 정말 멋있어 보였고 많이 닮고 싶어 했다. 실제로 형이 챙겨준 좋은 옷을 입고 일을 하면, 좋은 사람들을 만

나고 좋은 일이 생겼다.

실패는 고통스러움으로 가득한 생활이 아니다

안 좋은 일이 연이어 발생하고 나는 형의 말을 잠시 잊고 살았다. 이제는 예전의 기억을 떠올리며 성공한 삶을 살겠다고 다짐했다. 그래서 운동도 다시 시작했다. 운동하면 좋은 에너지가 생기고 마음과 정신이 맑아진다. 그동안 나는 일을 끝낸 후 집에 돌아와 라면과 과자 등을 폭식하면서 스트레스를 풀었다. 하지만 지금부터 나는 열심히 관리해서 예전의 당당한 내 모습으로 돌아가야겠다는 생각을 하게 되었다. 나는 앞으로 더 나아지는 내 모습을 상상하며, 더 좋아지는 미래를 위해 나아갈 것이다.

나는 실패를 경험하고 빚이 늘어 매일 고통 속에서 살고 있다. 하지만 나에게 있어 실패는 고통스러움으로 가득한 생활이 아니다. 나에게는 나를 믿어 준 사람들의 신뢰를 저버리는 행동이야말로 더욱 큰 실패인 것이다.

- 05 -

나에게는
더 큰 목표와 꿈이 있다

돈에는 생명이 있다

나는 자신감이 넘치고 유쾌한 사람이었다. 처음 만난 사람들과 편하게 대화하면서 금세 친해졌다. 나의 성격은 초창기 사업을 할 때에 많이 발휘되었다. 사업 수완이 좋아 돈을 빌려주기 위해 나를 찾아온 사람들도 많았다. 실제 내가 빌린 금액에 대한 높은 이자를 받은 사람들은 나에게 감사하다는 말까지 했다. 그러나 사실상 이때부터 불행이 시작되었던 것 같다. 처음에 나는 나를 믿고 돈을 빌려주는 사람들이 고마웠다. 그리고 돈을 쉽게 벌 수 있다는 생각에 돈의 무서움을 알지 못했다. 사람들은 돈에 생명이 있다고 말한다. 남의 돈에는 가시가 있다거나 독이 있다고도 한다. 과거의 나는 그게 무슨 말인지 이해하지 못했다. 하지만 비싼 이자가 내 목을 조여 왔을 때 깨닫게 되었다.

지금도 가끔 '그때로 시간을 되돌릴 수 있다면' 하고 생각한다. '그때 투자금을 받아 사업을 하라던 그들의 제안을 거절했다면, 이렇게 힘든 고통의 시간을 보내지 않았어도 되었을 텐데…' 하는 후회를 한다.

최근에 나는 목표와 희망이 생겼다. 책 쓰기를 배우기 시작하면서 조금씩 변화가 시작됐다. 내 주변 사람들은 내가 책을 쓴다고 하니 "너처럼 평소에 책도 읽지 않는 사람이 무슨 책을 쓴다고."라고 말하며 하나같이 미쳤다며 부정적인 말을 했다. 그들은 나에 대한 모든 것을 알고 있기 때문이다.

나의 책 쓰기 멘토인 김태광 대표 코치님께서는 주위 사람들의 반응을 미리 말씀해 주셨다. 나는 대표 코치님의 말과 일치하는 것을 보고, 한편으로 신기하면서도 화가 치밀어 올랐다. 속으로 오기를 품었다. 그리고 나는 '두고 보자. 내가 꼭 멋지게 책을 써서 성공한 이후에 지금의 나를 비웃은 사람들에게 보란 듯이 잘 사는 모습을 보여 주겠다.'라고 다짐했다.

목표와 희망이 생겼다

책을 쓰기 전까지 나는 반복적인 일상에 지쳐 있었다. 희망도 꿈꾸기 어려웠다. 이런 의미 없던 일상이 글을 쓰기 시작하면서 조금씩

변화가 찾아왔다. 나는 지나왔던 과거에 대해 책을 쓰게 되었다. 그 과정에서 나의 과거를 되돌아보게 되었다. 지금 나는 책을 쓰면서 자신감을 회복하고 있다. 심지어 고객들에게 나를 소개할 때, "책을 쓰고 있는 자동차 딜러"라고 말한다.

오늘은 나의 멘토인 김태광 대표 코치님께서 람보르기니 차량을 매입한다고 했다. 대표 코치님은 40대 초반에 자산이 무려 100억 원대이다. 23년간 펴낸 저서만 200여 권으로, 8년 동안 900명가량의 작가를 배출하면서 100억 원대라는 자산을 쌓았다. 나는 가는 내내 심장이 두근거렸다. 람보르기니를 가까이에서 보는 것이 처음이었다. 그렇게 돌아다녔지만, 보기도 힘든 고성능 자동차를 내가 거래를 한다는 게 기분이 좋았다. 가는 길이 평소보다 더디게 느껴졌다. 드디어 지하 주차장에 도착했다. 대표 코치님의 람보르기니가 보였다. 그 뒤에는 노란색 페라리와 포르쉐 등등 보통 사람들은 한 대도 가지고 있기 힘든 고성능 자동차가 여러 대 있었다.

내 것도 아닌데 보는 것만으로도 너무 황홀했다. 나 역시 차를 여러 대 가지고 있었다. 김태광 대표 코치님처럼 고성능 자동차는 아니지만, 벤츠, BMW, 제네시스, 골프 등을 소유했었다. 나는 주차장에 있는 차들을 보며 입이 떡 벌어졌다. 차량이 너무 많아 배터리가 방전된다는 말에 이 비싼 차를 방전되게 할 정도로 바쁘고 성공한 인생을 사는 대표 코치님이 부러웠다. 람보르기니에 시동을 걸었다. 엔진

소리가 울려 퍼졌다. 나도 대표 코치님처럼 부자가 되어 고성능 자동차들을 주차장에 놓고 타는 상상을 해 봤다.

빚 청산 뒤 하고 싶은 것들

다음은 내가 빚을 다 갚고 하고 싶은 것들이다.

첫째, 나만의 자유로운 시간을 갖고 싶다.

여태껏 빚진 돈을 갚기 위해 사람과 시간에 쫓기며 노예처럼 살았다. 빚을 다 갚으면, 며칠간 아무 생각 없이 잠만 자고 싶다. 잠시 휴대전화를 꺼 놓고 푹 쉬고 싶다.

둘째, 어머니와 동생에게 물질적인 도움을 주고 싶다.

나 때문에 잃어버린 집을 다시 찾아 주고 싶다. 쉬지도 못하고 여태껏 일하시는 어머니에게 이제는 휴식을 주고 싶다. 어머니가 늘 가고 싶다고 노래 부르시던 제주도에 모시고 가서 맛있는 것도 사 드리고 좋은 것도 많이 구경시켜 드리고 싶다. 그동안 내 동생은 늘 내가 쓰던 것들을 물려받았다. 그런 동생에게 특별한 선물을 하고 싶다. 그래서 동생에게 정말 멋진 형이 되고 싶다.

셋째, 내 곁에 있어 준 사람들에게 은혜를 갚고 싶다.

내가 방황하고 힘이 들었을 때, 나를 떠나지 않은 사람들이 있다.

그들은 진심으로 나를 걱정해 주었다. 그들에게 반드시 은혜를 갚으며 평생 함께하고 싶다.

넷째, 고마운 형에게 보답하고 싶다.

나에게 돈을 빌려준 사람들 중 한 명인 형은 내 사정을 알고 그동안 내가 준 이자를 원금에서 감면해 주었다. 나는 빚을 다 갚으면 형에게 꼭 몇 배 이상으로 보답할 것이다.

다섯째, 김태광 대표 코치님께 감사의 선물을 드리고 싶다.

한책협의 김태광 대표 코치님은 힘든 나에게 끝까지 포기하지 않고, 성공할 수 있는 목표와 미래를 보여 주었다. 나는 김태광 대표 코치님께 감사의 선물을 드리고 싶다. 그리고 앞으로도 멋진 제자가 되도록 더욱더 노력할 것이다.

- 06 -

최후의 승자가 되고 싶은 이유

자존감을 올려 주는 책 쓰기

퇴근 후 나는 곧장 집으로 달려간다. '책 쓰기'라는 할 일이 있기 때문이다. 평소 나는 새벽에 일어나 영업을 다닌다. 때문에 처음에는 쏟아지는 잠에서 벗어나기 위해 무진장 애를 썼다. 여러 방법을 강구한 끝에 나는 해결법 하나를 찾았다. 바로 '미스트'다. 내 차 안에는 항상 미스트가 있다. 어느 날 얼굴에 미스트를 뿌려 봤는데 잠이 조금씩 깨는 것 같아 줄곧 애용한다. 그렇게 나는 일주일 만에 미스트 한 통을 다 쓴다. 매일 잠을 쫓아내기 위해 쓰다 보니 다른 사람에 비해 금방 써 버리게 된다.

오늘도 어김없이 양주까지 가는 길에 미스트를 뿌렸다. 아침부터 비가 내려서 평소보다 안전 운전을 해야 했다. 드디어 약속 장소에 도착해 고객을 만났다. 고객과 인사를 나누며, 이런저런 이야기를 했다.

나는 대화의 말미에 "제가 지금 자동차 일을 하면서 책도 쓰고 있습니다. 앞으로 잘 부탁드립니다. 책 나오면 선물 드리러 다시 오겠습니다."라고 말했다. 그러자 고객은 "정말 책을 쓰세요?"라며 놀란 듯 나에게 물었다.

"대단하세요. 책 쓰는 게 쉽지 않을 텐데. 책 나오면 제가 구매할게요. 연락 주세요."

내 책을 구매하겠다고 말해 주는 것이 너무 기뻤다. 그리고 무엇보다 평소와는 너무 다른 반응이었다. 아직 나는 책을 출간하지도 않았는데 나를 대하는 사람들의 태도가 달라져 있었다. 너무나 즐거웠다. 기분 좋게 고객과 계약을 하고, 또 다른 장소로 이동했다. 두 번째 장소는 신당동 쪽이었다. 가는 내내 책을 빨리 써서 내 이름을 알려야겠다고 생각했다. 오랜만에 자존감이 올라가는 날이었다.

나는 글쓰기로 에너지를 충전한다

사람이 살아가는 데에는 동기가 중요하다. 지금 나는 조금의 시간이 생기면 나를 변화시키기 위해 노력한다. 매일 반복되는 일상이었지만 책을 쓰기 시작하면서 나는 희망을 꿈꾸기 시작했다. 이전에는 사람들이 나를 실패자로 바라보는 것 같았는데, 글을 쓰고 꿈꾸기 시작한 후부터 달라졌다. 나는 글쓰기를 통해 긍정적인 에너지를 충전한다. 책을 통해 의식을 확장시키고 힘든 내 삶에서 의미를 찾고자 생각하고 노력한다. 과거의 내 잘못을 반성하면서 이제는 미래를 위해 더 열심히 노력하고 희망을 꿈꾸고 있다.

책을 읽다 보면, 시련을 극복하여 성공적인 삶을 살아간 사람들의 이야기를 볼 수 있다. 매일 고통과 좌절 속에서 살아가던 나에게 책은 나를 믿고 나아가는 모습을 꿈꿀 수 있게 도와주었다. 지금까지 포기하고 싶을 때가 많았지만 어떻게든 살아가려고, 이겨 내려고 애

썼다. 예전에는 '어떻게든 되겠지' 하는 생각과 여태껏 노력해 온 시간들이 억울하다는 마음으로 힘겹게 버텼다. 하지만 지금은 독서와 책 쓰기를 통해 의식에 변화가 생겼다.

첫째, 책을 읽으면서 꿈을 향해 포기하지 않는 정신을 배운다.
둘째, 멘토들의 성공한 모습과 삶을 대하는 태도를 본받는다.
셋째, 멘토를 따라 하면서 나도 될 수 있다고 상상한다.
넷째, 책을 써서 나의 가치를 스스로 올리려고 노력한다.

주위의 사람이 나를 말해 준다

끊임없이 찾아오는 시련과 좌절 속에서 나를 돌이켜 보고 반성하는 시간을 가졌다. 그리고 시간을 낭비하지 않고 나의 삶을 개선시키고자 노력했다. 나는 책을 읽고 쓰면서 나처럼 힘들게 지내고 있는 사람들에게 희망을 주고 싶다는 꿈이 생겼다. 또한 그 꿈으로 인해 나의 가치를 올리고 싶다는 생각을 했다. 지금 나의 일상은 계획과 목표를 이루기 위해 달려가는 시간으로 채워졌다. 몇 달 전만 해도 상상하기 힘든 변화다. 최근 열정과 노력으로 꿈을 향해 노력하는 사람들이 내 주변에 많이 생기고 있다. 같은 목표를 가진 사람들로 구성된 공동체에 들어가면 보다 성장이 촉발될 수 있다는 것을 몸소 경험하고 있다.

인간은 무리지어 사는 습성이 있다. 그래서 소속되고 싶은 집단을 발견하면 그 집단에 섞이고 싶어 하고, 집단 내에서 인정을 받고 싶어 한다. 부자들은 이를 강력하게 이용한다. 다시 말해 부자들은 자신과 어울리는 사람들을 만난다. 내 주위의 사람이 바로 나를 말해 주기 때문이다.

만약 대부분의 시간을 부자가 되기 위해 노력하는 사람들과 함께 한다면, 나도 그들처럼 하고 싶다는 강렬한 욕구가 생길 것이다. 이는 세상이 돌아가는 방식이기도 하다.

나는 돈 벌기로 작정한 사람들과 만나며 하루를 보낸다. 특히 나의 멘토를 보면서 그의 생각과 방식을 지켜본다. 내가 돈 버는 이야기를 할 때 사람들이 회의적이거나 무관심하다면 그 집단은 돈 버는 데 유익한 집단이 아닌 것이다.

현재 나는 많은 빚을 갚으며 살고 있다. 고통, 절망, 좌절이 수도 없이 나를 무너뜨린다. 하지만 나는 열정을 다하는 사람들과 함께 최후의 승자가 될 것이라고 확신한다.

- 07 -

내가 빚을 갚아 가는 진짜 이유

늘 든든한 버팀목인 어머니

내가 힘들 때마다 늘 나에게 힘을 주고, 챙겨주신 분은 바로 어머니였다. 나는 어릴 때부터 어머니와 자주 다퉜다. 그러고는 뒤돌아서면 미안해했다. 나는 늘 어머니를 생각하고 사랑한다. 하지만 단 한 번도 사랑한다는 표현을 하지 못했다. 해 본 적이 없어서 그런지 더욱 낯설고 못 하겠다. 내 친구들이 어머니한테 사랑한다는 말을 아무렇지 않게 하는 걸 보면 참 신기하고 부럽다.

내 책이 출간되면 꼭 어머니께 드릴 말씀이 있다. 혹시라도 이 책을 보시게 된다면, 다음과 같은 글을 읽어 주셨으면 좋겠다. 오랫동안 부끄러워서 말하지 못한 어머니를 향한 수줍은 고백이다.

"항상 사랑해 왔고 진심으로 사랑합니다. 징그러울 정도로 속만 썩인 못난 아들이지만 어머니 아들로 태어나서 자랑스럽습니다. 그리고 고맙습니다."

셀 수 없이 잘못한 일들

나는 서울시 영등포구 여의도동에서 태어났다. 아버지는 사회적으로 잘나갔고, 어머니는 서울에 올라와서 힘들게 간호대학을 나오셨다. 나에게는 아버지와의 추억거리가 없다. 거의 집에 들어오시지 않았기 때문이다. 어머니는 홀로 우리 형제를 키우셨다. 혹여 우리가 아버지 없다고 무시당할까 봐 늘 아버지 역할까지 도맡으시며 원하는 게 있으면 무엇이든 다 해 주시려고 노력하셨다.

어머니의 직업은 산부인과 간호사다. 간호사는 3교대로 돌아가며 근무한다. 그래서 어머니는 저녁 근무를 해야 하는 날에는 집을 지키고 있는 우리가 걱정돼서 병원 기숙사에 데리고 갔다. 그러고는 우리가 기숙사에서 심심해할까 봐 항상 조립식 로봇을 사 주셨다. 특별히 내가 조립식 로봇을 좋아한다고 말한 것은 아니었다. 어머니는 평소 내가 집에서 무언가를 분해하고 조립하는 것을 보셨다.

어머니는 우리를 위해 평생 병원에서 일하셨다. 병원을 이리저리 옮겨 다니면서도 힘든 내색을 안 하셨다. 집에 오시면 집안일하랴, 밥

해주랴, 그때는 어머니가 우리를 위해 희생한다는 것을 몰랐다. 나는 늘 어머니와 다투고 투정을 부렸다.

당시 어머니는 얼마나 힘들고 외로웠을까? 어머니는 참 대단한 것 같다. 어머니가 쉬는 어느 날이었다. 낮잠을 주무시는데 유독 코 고는 소리가 크게 들렸다. 그때 나는 단지 소리가 크다는 것만 인지했다. 얼마나 피곤하셨는지를 생각하지 못했다.

어릴 때의 나는 흰머리가 있는 어머니가 창피했다. 그래서 어머니께 학교에 오지 말라고 신신당부했다. 어머니는 결혼을 늦게 하셔서 친구들의 어머니보다 나이가 많았다. 그러던 어느 날, 나는 도시락을 집에 놓고 학교에 오게 되었다. 그렇게 어머니는 내 도시락을 직접 학교로 가져다주셨다. 그때 한 친구가 나에게 "종혁아, 할머니 오셨다!"라고 외쳤다. 나는 어머니한테서 도시락을 받고 창피해서 빨리 가라고 했다. 나를 위해 도시락을 들고 오신 어머니를 왜 그때 매정하게 대했는지 후회가 된다. 어머니를 보낸 후, 나는 어머니를 할머니라고 부른 친구하고 싸웠다.

나는 어머니께 단 한 번도 따뜻한 말을 해 본 적이 없다. 학생이었을 때에도, 사회생활을 하는 어른이 되어서도 나는 어머니에게 사랑한다고 말한 적이 없다. 심지어 어버이날에도 달랑 카네이션만 사서 건넸을 뿐이었다. 하지만 우리 어머니는 내가 준 카네이션을 정성껏 보기 좋은 곳에 걸어 두시는 분이셨다.

내가 어머니께 했던 가장 큰 불효는 평생 모은 재산을 날려 버린 것이다. 내가 빚을 갚아 가는 진짜 이유 중 하나는 바로 어머니에게 빚진 돈과 마음을 갚기 위해서다. 나는 어머니와 행복한 인생을 살고 싶다. 어머니의 소원도 들어 드리고 싶다. 나는 너무 늦게 어머니의 마음을 이해했다. 그럼에도 불구하고 어머니는 늘 나를 아끼고 사랑하신다. 아직도 나를 어린애처럼 대하신다. 지금 어머니의 연세는 75세다. 유일한 소원이 제주도를 가는 것인 어머니. 나는 반드시 빚을 청산하고, 어머니께 집을 마련해 드릴 것이다. 이제는 어머니가 편히 쉴 수 있도록 해 드리고 싶다.

지금 어머니는 병원을 퇴직하시고 요양원에서 일을 하신다. 빚에 시달리는 아들을 위해 도와주시는 것이다. 내가 빚을 다 해결하는 모습을 보고 눈을 감겠다고 말씀하시는 어머니를 보면, 자식으로서 너무 죄송하다. 이제는 편히 쉬면서 여유를 즐겨도 될 나이신데, 나 때문에 쉬지 못하는 어머니를 보면 가슴이 답답하다.

내가 빚을 갚는 이유

내가 빚을 갚는 이유 중에는 나를 믿어 준 사람들에게 신뢰를 지키기 위한 것도 있지만, 무엇보다 어머니께 당당한 내 모습을 보여 주고 싶어서다. 사람들에게 신뢰를 받는 것을 인생관으로 삼는 내가 어머니께 부끄럽지 않은 아들이 되는 길은 빚 청산밖에 없다는 생각이 들었다. 그리고 내가 당당하게 번 돈을 어머니가 부끄러워하지 않았으면 하는 마음도 크다. 그래서 나는 빚을 청산한 뒤에 어머니와 함께 제주도 여행을 가서 돈 걱정 없이 하고 싶은 것을 모두 다 하고 싶다. 이것은 지금 나의 가장 큰 꿈이다. 감히 어머니가 내게 주었던 사랑만큼이라고 말할 수는 없겠지만, 어머니를 향한 내 마음을 표현하는 최상의 방법은 이것밖에 없다.

PART 4

빚더미 속에서 얻은 8가지 깨달음

- 01 -

돈은 사람을 죽일 수도 살릴 수도 있다

마지막으로 시작한 사업

내가 마지막으로 발버둥치며 다시 시작한 사업은 자동차 회사였다. 내가 사무실을 얻은 곳은 부천에 위치한 새로 생긴 단지 안이었다. 그 사무실을 임대받기 전에 나는 조건을 알아보기 위해 여러 곳을 찾아다녔다. 그렇게 찾은 사무실이 부천의 상동 쪽에 있는 새 건물이었다. 그동안 나는 부천이란 지역에 와 본 적이 없었다. '과연 내가 낯선 곳에서 아는 사람 한 명도 없이 잘 해낼 수 있을까?' 하는 생각에 불안했다. 하지만 나는 반드시 다시 일어나야 했다. 나는 사무실을 분양하는 곳에서 총괄 이사님을 만났다. 이사님은 보통 인천과 부천을 포함한 경기도 지역 사장님들이 오셔서 계약을 하며, 지금 일을 시작하시는 분들도 많이 있다고 했다. 그리고 다양한 분양 조건과 대출 시스템을 설명해 주었다.

이사님의 친절한 설명을 듣고 같이 사무실을 보러 다녔다. 그중 한 사무실을 앞을 지나가게 되었는데, 그곳에는 직원들로 가득 차 있었다. 다들 열심히 일하시는 것 같아 보기 좋았다. 이사님의 안내에 따라 찾은 사무실은 책상 10개 정도 들어갈 만한 크기에 햇빛이 잘 들어왔다. 그 단지에 있는 사무실의 크기는 다 비슷했다. 나는 사무실을 알아볼 때, 주차 공간을 중요시했다. 자동차 관련 업무에 사무실은 큰 의미가 없었다. 차를 전시할 수 있는 공간이 가장 중요했다. 전시장을 내려가서 보니, 지하 1층에는 20대, 4층에는 16대, 옥상에는 8대를 주차할 수 있는 공간이 있었다.

나는 둘러본 곳을 다시 한 번 확인하며 신중하게 생각했다. 그리고 차에 올라 인근 지역을 이리저리 둘러보았다. 해당 단지는 사람들이 많이 다니지 않는 곳에 있었다. 하지만 요즘 사람들은 온라인상에서 차를 알아보고 직접 사무실을 방문하기 때문에 사무실이 꼭 번화가에 있을 필요가 없었다.

나에게는 이것만이 살길이었다

나에게는 할 수 있다는 생각만 해서는 안 됐다. 반드시 해내야 했다. 내가 부천까지 온 이유는 마지막으로 시작하기 위해서였다. 내가

재기할 수 있는 유일한 방법은 이것뿐이었다. 다른 방안은 없었다. 당시 나는 심리적으로 불안정하고, 지쳐 있었다. 매 순간 숨 쉬는 것조차 고통스러웠다. 수많은 생각을 한 뒤에 나는 이사님에게 연락했다.

"이사님, 그 사무실에서 열심히 해 보겠습니다!"

나도 모르게 이사님께 내 포부를 말했다. 이어 이사님께 계약하는 데 필요한 간단한 서류를 안내받았다. 나는 비장한 각오를 하고 꼭 성공하리라고 다짐했다.

그때도 나는 매달 이자와 원금을 갚아야 하는 상황이었다. 새로운 사업을 하면서 고정 지출이 늘어난 셈이었다. 그럼에도 불구하고 내가 사무실을 얻은 이유가 있었다. 여러 이유 중 하나는 바로 금융 관련 때문이었다. 팔기 위해 사들인 차의 명의가 사무실이었을 때, 이를 참고해 대출이 가능한 '재고 금융'이라는 것 때문이었다.

한 달 이자는 1,000만 원 기준 대략 15만 원이었다. 만약 3개월 안에 차를 못 팔면 다시 상환해야 하는 무서운 조항도 포함되어 있었다. 나에게는 여유가 없었기 때문에 이 방법이 최선이었다. 임대 보증금이 1억 5,000만 원이었다. 나는 5,000만 원을 겨우 만들고, 나머지 1억 원은 보증금 대출을 받아야만 했다. 1억 원에 대한 한 달 이자는 대략 45만 원 정도였다. 돈을 빌린 순간, 나는 또다시 노예가 되었다.

돈은 사람의 생각에 따라 정의된다

실제로 수많은 사람들은 돈의 노예로 미친 듯이 일만 하다가 나이를 먹는다. 정말 돈이 많은 가정에서 금수저로 태어나지 않는 이상, 우리는 스스로 피나는 노력을 해야 한다. 그래야 삶을 이어 갈 수 있다. 하지만 세상은 모두에게 기회를 주지 않는다. 정확히 말하면 기회는 주어질지 몰라도 그 기회를 잡는 사람은 드물다. 같은 금액의 복권에 당첨되어도 누군가는 흥청망청 쓰거나 도박에 빠져 파산하지만, 다른 누군가는 평소와 다르지 않은 생활을 하면서 효율적인 삶을 산다. 다시 말해 돈은 어떻게 쓰느냐에 따라서, 어떻게 생각하느냐에 따라서 사람을 살리기도 하고, 죽이기도 한다.

- 02 -

아무리 힘들어도 남의 돈은 빌리지 마라

두렵지만 설레는 마음으로 시작한 사업

사무실을 계약하기로 결심하고, 아침 일찍 주민 센터에 갔다. 마음은 초조했다. 항상 나는 무언가에 쫓기듯 마음이 불안했다. 내가 주민 센터에 들어섰을 때 하나둘씩 출근하는 사람들이 보였다. 나는 필요한 서류를 받고 다시 부천으로 향했다. 운영 사무실에 가서 이사님을 만나 서류를 전달하자 이사님은 나에게 KB 국민은행으로부터 보증금 대출 관련 연락이 오면 잘 받으라고 당부하셨다. 그리고 보증보험에 가서 증권을 발급해 오라며, 관리자 등록증 신청과 사업자 등록 신청도 하라고 하셨다. 마지막으로 개인사업자로 할 것인지 법인회사로 할 것인지 선택하고, 회사 이름도 등록하라고 하셨다.

잠시나마 회사 이름을 정하는 게 설레고 흐뭇했다. 고민 끝에 회사 이름은 '브라더모터스'로 결정했다. 그때까지 앞으로 벌어질 일에 대해서 생각조차 하지 못했다. 모든 절차를 마치고 관리자 등록증이 나오기를 기다렸다. 보증금 대출도 1억 원을 받을 수 있게 되었다. 그렇게 일주일도 안 되는 기간 동안 모든 절차가 마무리되었다.

경력 12년 만에 처음으로 내가 운영하는 회사를 갖게 되었다. 너무 벅차고 좋았지만, '과연 나 혼자 잘 해낼 수 있을까?', '내가 지금 무리하는 건 아닌가?'라는 생각이 들었다. 다음으로 나는 사무실에 비치할 책과 의자, 컴퓨터, 복사기, 정수기 등등 집기류들을 구매하러 용산 전자상가에 갔다. 먼저 컴퓨터를 구매해 사무실에 설치했다. 그리고 다행스럽게도 옆 사무실에서 안 쓰는 새 책상과 의자가 있다고 해서 싸게 구매할 수 있었다. 그렇게 하나둘 사무실에 집기류를 채워 넣고 모든 준비를 했다.

"일 잘하시는 사무장님 계시면 소개 좀 해 주세요."

나는 같이 일할 사무장님이 필요해서 운영팀 이사님께 부탁드렸다. 사무장은 내가 사온 차를 회사 명의로 이전하고 사무실 운영을 잘할 수 있게 관리하는 중요한 역할이었다. 그뿐만 아니라 함께 일할 직원들도 필요했다. 하지만 쉽게 구할 수 없었다. 돈 없는 대표와 함께 일할 직원을 찾는 것은 무척 어려웠다. 그래서 나는 혼자 미친 듯이 뛰어야 했다.

지금까지 살면서 배우고 느낀 것들

사무실을 개업하고, 점점 고객에게 전화가 왔다. 나는 시간이 흐르는 줄도 모르고 홍보에 매진했다. 퇴근 후 집으로 가는 길에도 내 시선은 휴대전화에 고정되었다. 꼭 해내야 한다는 생각으로 시작한 사업이니만큼 온 힘을 다해야 했다. 지금 내가 하는 일이 오히려 독이 되어 돌아올지도 모르고 점점 일이 커지는 것을 인지하지 못했다. 잠자리에 누워 천장을 보며 생각했다. 돈을 갚아야 하는 날이 다가오고 있었다. 수중에 있는 돈을 모두 털어 사무실을 오픈한 나였다. 내가 사무실을 오픈했다고 하면, 사람들은 제정신이냐고 난리칠 게 뻔했다.

돈을 더 벌어 보겠다고 시작한 일이었다. 하지만 열정적으로 해야겠다는 마음과 돈을 갚아야 하는 불안한 마음이 뒤섞여 나를 괴롭혔다. 하루에도 수십 번의 심한 감정 기복을 느꼈지만, 나는 어떻게든 이겨 내려고 노력했다.

그러던 어느 날, 나에게 돈을 빌려준 사람들이 한자리에 모였다. 그 사람들을 한자리에 모이게 해 주신 분은 내가 오래 전부터 알던 이사님이셨다. 지금은 한 캐피탈 재고금융의 대표로서 일하고 계신다. 나의 모든 상황을 알고 한자리에 불러 모아 한 사람씩 얘기했다.

각자 나에게 빌려준 원금이 얼마인지 종이에 적으라고 했다. 그러자 사람들이 하나같이 종이에 적기 시작했다. 그리고 그동안 받은 이자를 적어 보라고 했다. 그러나 적는 사람은 없었다. 아니, 적지를 못했다. 그곳에 있던 사람들은 모두 나의 지인들이었다. 사람들이 이자를 적지 못하자, 이사님은 내게 내가 쓴 가계부와 지난 5년 동안의 통장 거래 내용을 뽑아 오라고 했다. 나는 그 자리가 영 불편했다. 모두 친한 지인들인데, 내가 왜 이 지경까지 만들었는지, 나 자신이 비참하고 괴로웠다.

나는 은행에서 받은 5년간의 통장 거래 내용을 들고 사람들이 모인 장소로 갔다. 아직 이사님은 자리에 돌아오시지 않았었다. 그때, 나는 지인들이 모여서 대화하는 걸 들을 수 있었다. 차마 그들의 대화를 듣고 있을 수 없어서 밖으로 나가 이사님이 오시기를 기다렸다. 그때 그 자리에 있던 내 심정은 말로 표현하기 힘들 정도로 고통스러웠다.

이사님과 내가 안으로 들어가자 시끄럽게 떠들던 사람들이 조용해졌다. 은행에서 출력해 온 것을 이사님께 전달해 드렸다.

보통 사람들은 지금 당장 눈앞에 있는 이익만을 본다. 그것이 틀렸다는 것은 아니다. 하지만 내가 지금까지 살면서 배우고 느낀 건, 당장의 이익보다 그다음을 보며 사는 것이 더 좋다는 거였다. 지금 이렇게 망가진 내가 이런 말을 하면 사람들은 "그러니까 네가 그렇게 됐지.", "그러니까 그 꼴이지."라고 말할 게 뻔하다. 그동안 나는 자신의 이익을 위해 악착같이 살아 성공한 사람들을 수도 없이 보았다. 현실적으로 보면 그들의 말이 맞을 수도 있다. 하지만 나는 그러한 상황이 잘 이해되지 않았다. 그리고 이해한다고 해도 한순간에 내 성향이 180도 바뀔 수 있을 것 같지도 않았다.

지금 이 순간에도 배우고 있다

나는 다른 사람의 돈을 빌려서 했던 사업을 실패하면서, 의지했던 사람들과 원치 않는 시간을 보내야 했다. 과거를 떠올리며 나는 다시는 이러한 일을 만들지 않아야겠다고 다짐했다. 그리고 당당하게 성공해서 내가 틀렸다고 말하는 사람들에게 내 가치관이 결코 틀리지 않았다는 것을 증명해 보이겠다고 결심했다.

앞으로 나는 아무리 힘들어도 다른 사람의 돈을 빌리는 일은 절대 하지 않을 것이다. 고통스러운 시간을 이겨 내는 과정에서 나는 더욱 단단해졌고, 지금 이 순간에도 배우고 있다.

- 03 -

문제가 생기면 커지기 전에 해결해라

나를 궁지에서 살려 준 은인

이전에 채권자들을 한자리에 모은 자리에서 이사님이 한 말이 있었다.

"어떻게 할까요? 그냥 감옥에 보낼까요? 아니면 평생 일을 시켜서 천천히 돈을 받을까요?"

이사님의 말에 그 자리에 있던 사람들 중 대부분이 나를 믿고 기다려 주겠다고 했다. 당시 나의 5년간의 통장 내역을 함께 살펴보면서 이사님이 채권자들에게 말했다.

"그동안 종혁이가 준 이자가 원금과 비교하면 절대 낮은 것이 아닙니다. 어떤 사람은 이미 원금 이상을 받았고, 어떤 사람은 돈을 빌려준 기간이 짧아서 이자가 적은 사람도 있을 겁니다. 또 원금의 절반을 받은 사람도 있을 거예요. 하지만 지금 종혁이는 원금도 갚을 능력이 안 됩니다. 지금 이 상황에서 이자까지 달라고 하면 종혁이는 그냥 이 자리에서 죽거나 내가 감옥에 보내야겠죠."

이후 채권자들이 한 명씩 돌아가면서 이사님과 대화를 나누었다. 채권자들은 내가 열심히 일하는 것도, 부지런한 것도 알기 때문에, 이자는 포기하고 원금만 받겠다고 이사님과 약속을 했다.

그때 채권자 중 한 명이 이런 말을 했다.

"그동안 종혁이한테 이자로 받은 금액을 원금에서 제외하고 나머지만 받을게요."

그의 말에 다른 채권자들이 깜짝 놀랐다. 놀란 이사님도 그에게 연신 감사하다고 말씀하셨다. 그 자리에 있던 사람들이 모두 그를 바라보았다. 나 역시도 깜짝 놀랐다. 아직도 내 머릿속에 그 순간 형의 말이 생생하게 남아 있다. 형에 대한 은혜는 평생 잊지 못할 것 같다. 형은 나를 궁지에서 살려 준 은인이다.

이후, 다른 채권자들과 이사님이 이야기했다. 이사님이 그동안 받은 이자와 수익이 있으니 원금에서 조금 감면해 주면 안 되겠느냐는 말을 꺼냈다. 순간 채권자들의 표정이 굳어졌다. 이사님이 나에게 물어보았다.

"너는 여기 남아 있는 채권자들에게 어떻게 할 거야?"

이사님의 물음에 나는 이렇게 말했다.

"처음 돈을 빌릴 때, 제가 빌린 만큼의 이자와 수익을 준다고 해서 여기 있는 분들이 제 말을 믿고 큰돈을 빌려줬어요. 제가 그동안 준 이자와 수익을 원금에서 감면해 달라고 하는 건 나를 한 번 더 염치없는 사람으로 만드는 것 같습니다. 그리고 이 상황에서 이자를 포기해 준 것만으로도 저는 감사하다고 생각합니다. 반드시 열심히 일해서 빨리 남은 원금을 갚고, 자리를 잡아 은혜를 갚고 싶어요."

그렇게 채권자들과 헤어지고, 나는 이사님과 남아서 따로 더 이야기를 했다.

나에게 큰 힘이 되어 주시는 이사님

채권자들과의 자리를 마련해 주신 이사님은 정말 대단하신 분이다. 이사님은 내가 자동차 시장에 처음 들어왔을 때 우연히 알게 된 분이었다. 당시에는 이사님과 농담도 하면서 맛있는 것을 먹으러 다녔다. 내가 존경하는 이사님은 정말 성격이 시원시원하고 멋지신 분이다.

이사님은 주위에 사람들도 많아 나에게 지인들을 많이 소개해 주셨다. 그렇게 몇 년을 알고 지냈던 이사님이었다. 언제부터인지 나는 이사님과 연락을 못했다. 그동안 내가 벌여 놓은 일들을 처리하느라 정신이 없었고, 하는 일마다 잘 안 풀려서 사람들과의 관계가 멀어

졌기 때문이다. 오랜 시간이 지나고 우연히 이사님을 만날 수 있었다. 그동안 수많은 시행착오를 겪어 왔다고 얘기하시는 이사님은 이전에 알던 모습과는 또 다른 모습이었다.

채권자들이 다 떠난 뒤, 방 안에서 이사님과 단 둘이 남아 이야기를 나누었을 때, 이사님은 받은 이자만큼 감면해 준 그 형이 정말 나를 생각해 주는 사람이라고, 나중에 잘되어서 오늘 일을 잊지 말고 은혜를 갚으라고 말씀을 해 주셨다. 그러면서 자기도 몇 년 동안 정말 많은 시행착오를 겪었다고, 시행착오를 이겨 내고 지금 이 자리까지 왔다고, 나에게 절대 포기하지 말라고 격려를 해 주셨다.

시련을 통해 배운 것

나는 빚 때문에 많은 사람을 잃었다. 하지만 모든 원인은 나였다. 돈이란 참 무서운 존재다. 아무리 가까운 가족이나 친구 사이일지라도 돈 앞에선 서로 얼굴을 붉히기도 하고, 돈 때문에 싸우는 일까지 일어난다. 나 역시 믿었던 사람들과 돈 때문에 다투고 잃었다.

나는 나를 믿고 큰돈을 빌려준 사람들을 실망시키지 않으려고 엄청 노력했다. 물론 그 사람들에게 나의 노력은 중요하지 않다는 것을 안다. 내가 사기를 당했을 때도 그 사람들은 어떻게 사기를 당할 수 있냐며 나를 비난했다. 처음에는 너무 억울하고 화가 났지만, 그 사람들의 입장에서 생각해 보니 충분히 이해가 되었다.

나는 그 사람들에게 죄송하다고 했다. 반드시 열심히 일해 돈을 갚고 꼭 은혜에 보답하겠다고 약속을 했다. 그들은 내가 열심히 일하는 모습을 보고 그동안 받은 돈을 생각해서 기다려 주겠다고 말했다. 하지만 내가 다시 사업을 실패하고 빚의 액수가 너무 커져 감당할 수 없는 지경에 이르자 그들도 더 이상 기다리기 힘들었던 것 같다.

지금에야 나는 배움을 얻을 수 있었다. 문제가 생기면 일이 커지기 전에 당장 해결해야 한다는 것을 말이다. 나는 크게 실패한 후에 깨닫게 되었다. 무슨 일이든 내가 기대한 대로 풀리기만 하는 건 아니다. 따라서 무엇을 하든지 너무 서두르지 말고 내 사정에 맞게 욕심을 조절할 줄 알아야 한다.

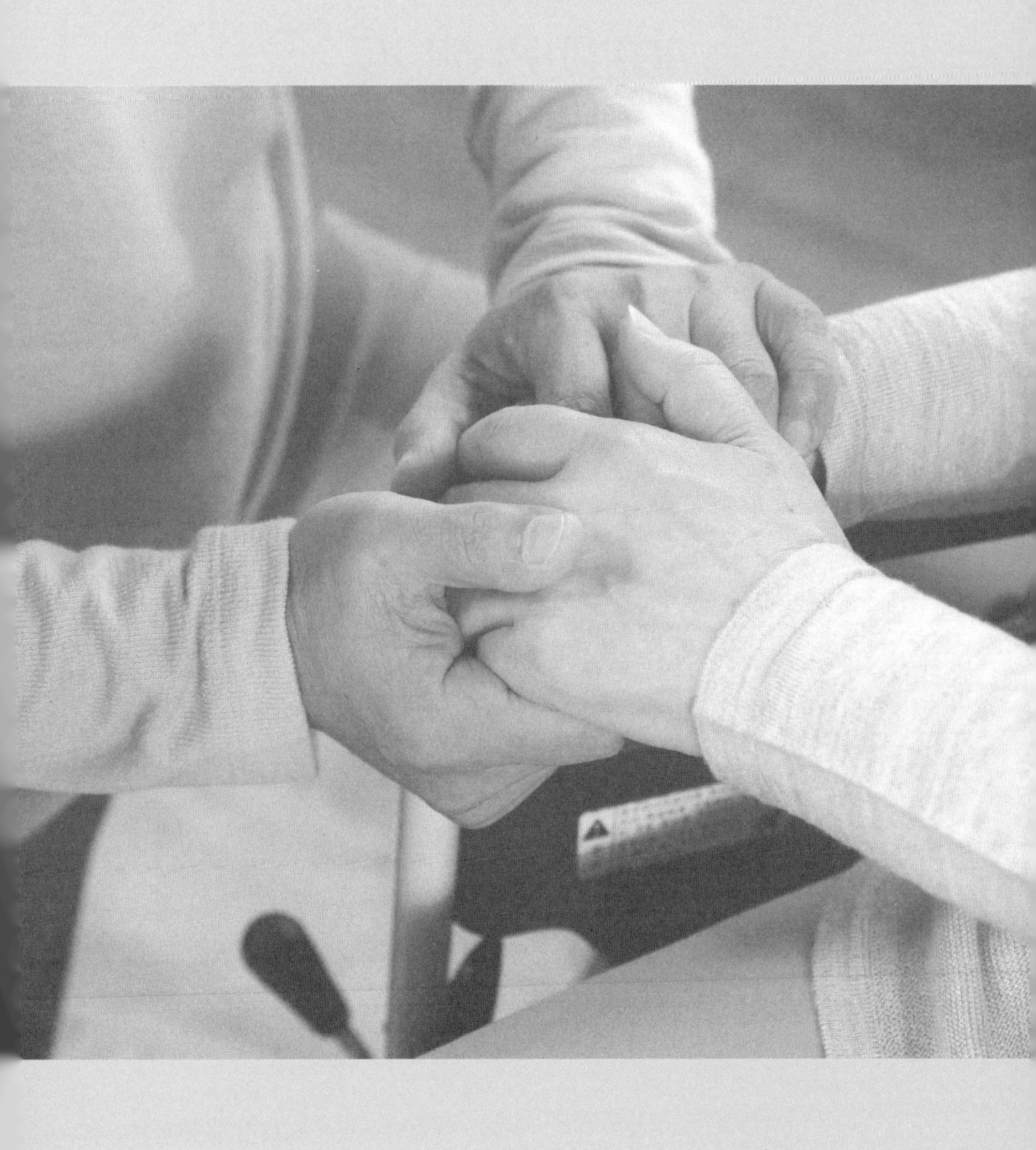

- 04 -

10원짜리 하나도 아껴야 한다

내가 부자가 되기 위해 준비해 온 것들

대부분의 사람들은 10원짜리, 100원짜리 동전을 가벼이 생각한다. 예를 들어 ATM기에서 돈을 인출할 때도 수수료가 적게는 700원부터 많게는 1,300원까지 빠져나간다. 사람들은 비싼 수수료를 인지하지만, '에라, 모르겠다. 수수료 그거 얼마 되지도 않는데, 뭐'라는 생각으로 인출한다. 나도 그렇게 생각하며 인출할 때가 많았다. 빚을 갚고 있는 상황임에도 불구하고, 나는 이처럼 빠져나가는 것에는 관심을 갖지 않았다.

하지만 내가 만난 부자들은 생각이 달랐다. 단돈 100원, 1,000원이라도 헛되게 쓰지 않았다. 수백억 원이나 되는 자산이 있어도 적은 금액조차 낭비하는 걸 싫어했다. "티끌 모아 태산"이라는 말이 있다. 적은 돈이 모이면 큰돈이 된다는 뜻으로, 누구나 한 번쯤 들어 보았을 속담이다. 하지만 많은 사람들은 단위가 적은 돈이 나가는 것에 크게 동요하지 않는다.

나 역시 지금까지 신경 쓰지 못했던, 헛되이 낭비하는 돈이 없는지 확인해 보았다. 그리고 수수료처럼 적은 돈일지라도 절약하기 위해서 생활 방식을 바꾸려고 노력하고 있다. 나는 늘 부자가 되고 싶었지만, 부자가 되는 방법을 몰랐다. 부자는 지금까지 내가 생각한 것처럼 단지 돈을 많이 번다고 되는 건 아니었다. 돈을 많이 벌어도 그만큼 지출이 많다면 계속 그 자리다. 그동안 내가 부자가 되기 위해 준비해 온 것들을 적었다.

첫째. 성공한 사람들의 책을 많이 읽기

둘째. 부자를 많이 만나고, 긍정적인 사람들을 많이 만나기

셋째. 부자가 될 수 있다고 생각하고 행동하기

과거에는 몰랐던 돈의 소중함

자동차 영업에 종사하는 나는 늘 다양한 고객을 만난다. 고객들을 만나면 돈을 생각하는 관점이 저마다 다르다는 것을 느낄 수 있다. 나는 그들의 관점 중에서 정답은 없다고 생각한다. 다만, 부를 축

척한 사람들의 말을 듣고 따라가려고 할 뿐이다.

'돈 몇 푼 아낀다고 내가 부자가 되겠어?'라고 생각하는 사람과 '나도 오늘부터 계획을 세우고 적은 돈부터 모아야지'라고 생각하는 사람. 과연 이 둘은 나중에 어떻게 바뀌어 있을까?

나도 가끔 친구들을 만나서 이야기를 나눈다. 4년제 대학을 나와 안정된 회사에서 일하는 친구는 만날 때마다 "월급날까지 왜 이렇게 날짜가 많이 남은 거야!", "왜 이렇게 시키는 일이 많은 거야?", "애 키

우려니까 돈이 너무 많이 들어." 등 수많은 불평들을 늘어놓았다. 그러면서 친구는 수입이 100만 원만 더 늘어도 삶의 질이 바뀔 것이라고 말했다. 나는 문득 이런 의문이 들었다.

'정말 매달 100만 원만 더 벌 수 있으면 삶의 질이 좋아질까?'

나는 그 돈으로 할 수 있는 건 많아지겠지만 삶의 질이 좋아진다고는 상담하지 못할 것 같았다.

얼마 전, 지인과 커피를 마시며 대화하던 중에 "커피는 문화다."라는 말을 들었다. 이 말이 우습지 않을 정도로 커피는 이미 많은 사람들이 즐겨 마시는 차이자 하나의 문화로 자리 잡았다. 그 영향 때문인지, 요즘 길거리를 걸어가다 보면 수많은 카페를 볼 수 있다. '스타벅스'나 '탐앤탐스'처럼 유명 브랜드도 적지 않고, 개인이 운영하는 카페도 많이 보인다. 커피 한 잔의 가격은 4,000원 이상인 곳이 대부분이다. 하루에 한 잔씩 마시면 한 달이면 12만 원, 하루에 두 잔 이상 마시면 24만 원이라는 제법 큰돈이 된다. '그들은 왜 스타벅스와 같은 매장에서 비싼 커피를 마실까?' 나는 커피는 문화라고 했던 것처럼 문화생활의 일부라고 생각하기에는 그 가격이 다소 부담스럽다는 생각을 했다.

한 친구는 커피값이 아까워 커피 내리는 기계를 구입하고 직접 원두를 구입해서 마신다. 그 친구는 스타벅스에서 몇 달 동안 마실 커피값으로 기계를 샀고, 개인적으로 좋아하는 원두를 사서 마음껏

마실 수 있다며 만족해했다.

나는 빚을 지면서 예전에는 몰랐던, 느끼지 못했던 돈의 소중함을 배워 가고 있다. 이전에 나는 '많이 벌면 되지. 왜 저렇게 궁상맞게 살까?'라는 생각을 하며 살았다. 나는 자존심이 세고 남한테 얻어먹는 것을 싫어했다. 그래서 나는 미팅이 있으면 매일 습관처럼 내가 샀다. 상대방도 이를 당연하다고 여기는 듯 받아들였다. '만약 그때 돈을 소중히 생각하고 아끼며 살았다면 지금의 내 모습은 어땠을까?' 하는 생각이 들기도 한다.

생활 습관으로 빚 청산하기

나는 빚을 청산하고, 돈을 모으기 위해서 다음과 같은 다짐을 했다.

첫째, 돈을 쓰는 자리 피하기

둘째, 하루빨리 빚 갚고 자유 찾기

셋째, 나쁜 습관을 반드시 바꾸기

나는 이를 떠올리며 습관을 바꾸려고 노력 중이다. 생활 습관이 하루아침에 바뀐다는 건 사실상 힘들 것이다. 하지만 나는 노력과 인내를 가지고 오늘도 글을 쓴다.

내 머릿속에는 돈을 갚아야 된다는 생각으로 가득 차 있다. 매일이 나에게는 지치고 힘든 하루다. 하지만 나는 해내야 한다. 버텨야 한다.

- 05 -

돈이 전부가 아니라는 말에 속지 마라

갑작스럽게 찾아온 통증

몇 년간, 심하게 스트레스를 받고 심리적으로 불안에 떨다가, 어느 날 갑자기 머리에 이상을 느꼈다. 늘 있었던 두통이라 '진통제를 사 먹으면 되겠지'라고 생각했다. 하지만 진통제 한 알을 먹었는데도 통증은 사라지지 않았다. 손으로 머리를 누르고 목도 마사지해 보았지만 효과가 없었다. 나는 어디로 가야 할지 몰라서 눈앞에 보이는 한의원에 찾아갔다. 한의원에는 기다리는 사람들이 많았다. 평소 병원에 잘 가지 않아 그렇게 아픈 사람들이 많은 줄 꿈에도 상상 못했다.

한의사는 나에게 이것저것 묻고, 진찰을 하더니 침대에 누워보라고 했다. 그리고 머리에 침을 하나씩 놓기 시작했다. 생전 처음 침을 맞은 나는 느낌이 영 이상해서 당황스러웠다. 한의사는 1시간만 푹 쉬다 가라고 말하고는 시야 밖으로 사라졌다. 천천히 시간이 흘렀다. 계속해서 시간을 의식하다 보니 더욱 시간이 느리게 흘러가는 듯했다. 그러다 나도 모르게 잠이 들어 버렸다. 침대에 누워 잠시 휴식을 취하는 게 정말 오랜만이었다. 간호사가 깨우기 전까지 나는 숙면을 취했다.

한의사가 어떠냐고 물었다. 한결 나아진 것 같았다. 그때 나는 사람들이 왜 침을 맞으라고 하는지 비로소 알게 되었다. 두통이 사라져서인지 발걸음이 가벼워진 것 같아 집까지 기분 좋게 걸어가고 있었다. 하지만 좋았던 기분도 잠시, 나에게 욕설과 함께 독촉 전화가 왔다. 나는 통화가 끝날 때까지 연신 죄송하다고 하며, 내 사정을 설명했다. 통화를 끊고, 다시 머리가 아파오기 시작했다. '침 맞았으니까 괜찮아지겠지'라고 생각하며 집으로 향했다. 그러나 돈을 갚아야 된다는 생각에 불안과 걱정을 떨쳐 버릴 수 없었다.

시간이 조금 더 지나고 두통이 다시 시작됐다. 바늘이 머리 속을 찌르는 것 같은 통증이 느껴졌다. 결국 나는 머리를 들지 못하는 지경에 이르렀다. 아무래도 불길한 예감에 나는 휴대전화를 꺼내 119에 연락했다.

아플 때조차 돈을 먼저 신경 써야 하는 현실

나는 구급차가 도착하기를 기다렸다. 왜 더 심하게 아픈 것인지 이유를 짐작할 수 없어 살짝 겁이 났다. 이런 경험은 처음이었다.

얼마 지나지 않아 멀리서 사이렌 소리가 들려왔다. 태어나 처음으로 들것에 누워 구급차를 타고 병원에 실려 갔다. 덜컹거리는 구급차를 타고 세브란스 병원에 도착했다. 구급대원들은 나를 병원의 수납하는 곳으로 안내해 주었다. 나는 그들에게 정중하게 감사하다고 인사를 했다. 그리고 왜 그들이 나를 진료실이 아닌 수납하는 곳을 안내해 주었는지 의문이 들었다. '사람이 아파도 수납을 하는 게 먼저구나'라고 생각하는 사이, 직원이 나에게 종이를 주면서 작성을 하라고 했다. 내용을 자세히 보니, 내 인적사항을 적는 공간과 보증인의 이름과 연락처, 주소를 적는 곳이 있었다.

"보증인은 뭔가요?"

"지금 병실이 예약 환자로 가득 차서 바로 진료를 볼 수 없어요. 그래서 먼저 입원하셨다가 환자분 차례가 오면 진료 받으시고 퇴원하시면 됩니다. 그래서 이 종이에 환자분 인적사항, 보증인을 적는 거예요. 보증인은 가족이나 친구, 친척을 적으면 됩니다."

"보증인을 꼭 적어야 되나요?"

"접수하신 분이 입원 중에 결제를 안 하시거나 도망가시는 경우가 있어서 형식상 적는 겁니다."

"저는 보증인이 없는데 어떻게 하죠?"

내 사정을 이야기하자 직원은 친한 친구를 적으라고 했다. 나는 그때 생각난 친구에게 전화를 걸었다. 친구에게 내 사정을 설명했다. 그리고 가족이나 다른 사람한테는 내 상황을 비밀로 해 달라고 당부했다. 서류를 작성하고 나는 입원비가 얼마인지 물었다. 직원은 입원비는 치료 후에 알 수 있다는 대답했다. 그때 나는 통증보다 병원비가 더 걱정되었다. 사람이 이렇게 아픈데도 병원비를 먼저 걱정한다는 사실이 씁쓸하기도 했다. 인생은 돈이 전부가 아니라는 말을 심심찮게 듣기는 했지만, 아플 때조차 돈을 먼저 신경 써야 하는 것은 엄연한 현실이었다.

- 06 -

돈은 지키는 게 더 중요하다

청천벽력 같은 뇌수막염 판정

나는 갑자기 찾아온 두통 때문에 신촌 세브란스 병원을 찾았다. 그것도 119 구급차를 타고. 병원에 도착하자마자 수납 창구로 안내받은 나는 '돈 없고, 보증인 없으면 아파도 입원을 못 할 수 있구나'라고 생각하고, 세상에는 돈 없이 할 수 있는 것이 아무것도 없다는 것을 느꼈다. 현실은 냉정했다. 병실로 향하는 내내 발걸음이 무거웠다. 그리고 수많은 환자를 보며, '아픈 사람들이 정말 많구나'라고 생각했다. 내가 안내받은 병실은 침대 1개와 화장실이 있는 1인실이었다. 내가 간호사에게 여러 명이 쓰는 병실에 입원하고 싶다고 말하자, 이 병원은 1인실, 2인실, 5인실 순서로 입원을 하는 것이 규정이라고 설명해 주었다. 너무 비싸 보여서 부담스러웠지만 여기까지 와서 다시 나갈 수도 없었다. 나는 침대 위에 있는 환자복으로 갈아입었다.

'지금 내가 이렇게 누워 있을 때가 아닌데, 과연 이 병실은 하루에 얼마일까?'

머릿속이 더 복잡해졌다. '나는 아파서는 안 되는 사람인데, 이 시간에 열심히 일해 돈을 벌어야 하는데'라는 생각에 불안했다. 그렇게 한참을 고민하고 있는 와중에 의사 한 명과 간호사 한 명이 들어왔다. 내 건강 상태를 들은 의사는 나에게 잠시 앉아 보라고 하고는 몇 가지 확인을 하더니, 뇌수막염 증상 같다고 말했다. 나는 깜짝 놀랐다. 태어나 처음 듣는 말이어서, 그리고 '뇌'라는 단어가 언급되어서 무섭고 두려웠다. 의사의 말을 들은 나는 눈앞이 캄캄해져서 되물었다.

"뇌수막염이요? 그게 뭔가요?"

"뇌수막염은 보통 어린아이들이 자주 걸리는 병입니다. 면역력이 떨어지고 잠을 잘 못 자고, 규칙적으로 식습관을 지키지 않아 몸 상태가 약해져 걸리는 병입니다."

이어 의사가 말했다.

"척추에 바늘을 넣어서 골수를 빼내야 합니다. 누워 계시면 곧 준비해 드릴게요."

나는 의사와 간호사가 나가는 것을 확인한 후, 휴대전화로 뇌수막염을 검색했다.

"뇌수막(meninx)이란 뇌를 둘러싸고 있는 얇은 막을 의미한다. 해부학적으로 뇌수막은 가장 깊은 곳에서 뇌를 감싸고 있는 연질막(pia master), 연질막의 밖에서 뇌척수액 공간을 포함하고 있는 거미막(arachnoid master), 그리고 가장 두껍고 질기며 바깥쪽에서 뇌와 척수를 보호하고 있는 경질막(dura master)으로 구성된다. 뇌수막은 척수로 연장되므로, 보다 정확하게는 뇌척수막이라고 부르기도 한다. 뇌수막염은 일반적으로 거미막과 연질막 사이에 존재하는 거미막 공간(subarachnoid space, 거미막하 공간)에 염증이 발생하는 다양한 질환을 의미한다." (인용 출처: 서울대학교병원 의학정보)

내 몸에서 보내온 신호

척추에 바늘을 넣는다는 의사의 말이 떠오르자 알 수 없는 공포에 몸이 떨렸다. 그리고 지나친 스트레스와 심리 불안으로 몸이 망가진 것도 모르고 쉬지 않고 일만 한 내 모습이 떠올랐다. 지금 내가 왜 여기에 있어야 하는지, 왜 이렇게 멍청하게 살고 있는지 후회가 되었다. 하지만 돌이킬 수 없는 일이었다. 그동안 나는 하루하루 스트레스와 불안과 걱정으로 스스로를 원망하며 부정적인 생각에 사로잡혀 살아왔다. 그 결과, 나는 뇌수막염을 판정받았다. 그렇게 시간이 흐르고 의사가 다시 병실로 찾아왔다.

"몸을 뒤집어 누우세요. 그리고 옷을 올려 주세요. 척추에 긴바늘을 넣어 골수를 뺄 겁니다. 절대 움직이면 안 됩니다."

"어떤 바늘인가요?"

"15센티미터 정도 되는 주사예요. 머리 속에 물이 차서 머리가 무겁고 아픈 거예요. 마취는 안 하고 할 테니 절대 움직이지 마세요. 그러다 척추 못 쓰게 될 수도 있어요."

의사의 말을 듣고 나는 움직이지 않고 가만히, 시체처럼 있었다. 등에 무언가 쑥 들어오는 게 느껴졌다. 움직일 수도 없는 상황에서 뇌를 관통하는 느낌, 태어나서 처음 느껴보는 기분, 별로였다. 주사를 넣고, 1분이 채 지나지 않아 제거했다. 간호사가 척추 주사를 꽂았던 곳에 붕대와 반창고를 붙여 주었다.

몸이 망가지는 것도 모른 채, 미련하게 빚을 갚겠다는 생각으로 이리저리 뛰어다닌 내 모습이 너무나도 처량했다. 결국 또 어렵게 번 돈이 병원비로 빠져나갔다. 그때 나는 돈을 버는 것도 중요하지만 내 몸을 잘 관리해서 병원비로 지출하지 않는 것 역시 중요하다는 것을 몸소 깨달았다. 때로는 쉬어야 살 수 있다는 것을 몸에서 신호를 보내는 것이라는 생각도 들었다.

'1인실에 입원하게 되었으니 하루에 25만 원 정도 나올 테고, 수

술비만 50만 원이 넘게 나오겠구나…'

나는 계속해서 돈 걱정을 하고 있었다. 한편 나는 가족들에게 미안한 마음에 내 상태를 알리고 싶지 않았다. 나는 모든 고통과 스트레스를 혼자 안고 있었다. 몸이 아프니 내 처지가 더욱 서럽게 느껴졌다.

평소 깨닫지 못한 것들

흔히 사람들은 삶을 살아가는 데 있어 '건강'이 우선이라고 말한다. 하지만 건강을 잃고 나서야 비로소 그 중요성을 깨닫게 되는 사람이 다반사다. 나 역시 뇌수막염을 판정받고 그동안 정신없이 돌아다니면서 못했던 일들이 하나씩 떠올랐다.

평소 아무렇지 않게 밥 먹는 것도, 사랑하는 사람과 함께 시간을 보내는 것도 항상 당연한 것이라고 생각했었는데, 아프고 나서야 얼마나 감사한 것인지 뒤늦게 깨닫게 되었다. 건강도 마치 공기처럼 항상 내 곁에 있었기에 소중함을 망각하고 있었다. 그렇게 나는 돈도, 건강도 지키는 것이 무엇보다 중요하다는 것을 깨닫게 되었다.

- 07 -

세상은 빚쟁이의 말에 귀 기울이지 않는다

사람들에 의해 만들어진 나

사람이라면 누구나 다른 사람에게 난 큰 상처보다 내 손끝에 난 작은 상처에 더 아픔을 느낀다. 다른 사람이 가지고 있는 수억 원의 빚보다 그 사람에게 받을 자신의 수십만 원에 더 관심을 둔다.

일주일 내내 나는 고객이 부르면 언제나 그곳으로 달려간다. 사람들은 그저 겉으로 보이는 나를 보며 대단하다고 말한다. 자동차 시장에 들어와 일한 지 14년 동안 내가 이동한 거리는 족히 30만 킬로미터가 넘는다. 내가 만난 고객의 수도 5,000명이 넘는다. 이러한 비현실적인 거리와 수많은 고객을 만나면서 내가 겪은 일은 정말 다양하다.

사람들은 처음 보는 사람을 파악할 때, 가장 먼저 겉모습을 보고 그 사람을 판단한다. 상대방과 대화를 나누어 보기 전에는 그 사람을 알 수 없기 때문이다. 그렇기 때문에 겉으로 드러난 모습도 관리가 필요하다. 특히 사람을 자주 만나는 영업에 종사하는 사람들이 그러하다.

또한 사람들은 특정 사람에 대해서 한 가지 정보를 듣게 되면 그 정보를 바탕으로 그 사람을 판단하는 것도 서슴지 않는다. 나는 많은 빚을 지고 있는 빚쟁이다. 사람들은 내가 빚을 갚기 위해서 일을 한다고 하면, 그 사실을 바탕으로 나를 판단한다. 아무리 열심히 일해도 '빚쟁이'라는 이미지는 사라지지 않는다. 내가 빚을 지게 된 이유는 알려고 하지 않고 빚을 지고 있다는 사실에만 신경을 쓴다. 그리고 내가 빚을 지고 있다는 사실만으로 내 신용도를 판단한다. 그렇게 사람들에 의해 만들어진 나는 무게를 느낄 수 없을 정도의 가벼움을 가진 사람이 되었다.

사람들에게 신뢰를 얻는 방법

사람들이 상대방을 파악하는 것 중의 다른 하나는 그 사람의 말투와 태도다. 말투와 태도는 상대방에게 신뢰를 얻을 수 있느냐, 없느냐의 관건이 되기도 한다.

그렇다면 어떠한 말투와 태도가 다른 사람들로부터 신뢰를 얻을 수 있을까? 나는 무엇보다 정직한 생각부터 하는 것이 중요하다고 생각한다. 사람들은 대개 무의식적으로 사람의 행동과 말이 진심인지 아닌지 간파할 수 있다.

상대방을 진심으로 대하는 사람은 누구에게나 신뢰를 얻을 수 있다. 이는 진리나 다름없다. 내가 수많은 고객을 상대하면서 터득한 것은 사람마다 각기 다른 신호를 표출하고 상대방이 그 신호를 읽고 해석해야 신뢰가 쌓인다는 것이다. 물론 대부분의 신호는 말로 표현되지 않는다. 그래서 영업할 때의 나는 많은 시간 동안 상대방과 계약과는 관련 없는 주제에 대해 대화하는 경우가 많다. 대화를 통해 서로 얼마만큼 신뢰할 수 있는지 파악하려는 것이다.

나부터 정직해야 한다

내가 정직하지 않고서는 상대방에게 신뢰를 받을 수 없다. 나는 자동차 영업을 하면서 오해가 생기는 상황을 많이 접했다. 잔머리를 굴려서 위기를 모면할 수도 있지만, 이런 방법으로는 약간의 이익을 얻을 수 있을 뿐 가장 소중한 신뢰나 사람을 잃게 된다. 나는 이런 부분에 대한 신조가 있다. '돈을 잃는 것보다 사람을 잃는 것이 더욱 큰 손해'라는 것이다. 오늘도 어렵게 울산까지 내려갔는데 고객을 만나고 나서야 차량에 사고 이력이 있다는 사실을 뒤늦게 알게 되었다. 고객은 휴대전화를 붙들고 1시간 정도 정비 업체와 실랑이를 벌였

다. 울산 사투리는 억양이 강해서인지 싸우는 소리로 들려서 나는 이번 계약은 어렵겠다고 생각했다. 그래서 고객에게 사실대로 말했다.

“이 계약은 고객님의 차량이 사고가 없는 줄 알고 금액을 산정한 것인데, 사고 이력이 있는 것으로 확인돼서 200만 원 정도 가격이 내려갈 수밖에 없을 것 같습니다. 그렇지만 고객님 입장에서 손해를 보면서까지 파실 필요는 없습니다.”

나는 고객의 입장에서 판단했을 때, 계약을 안 하는 게 좋겠다고 생각한다며 진심으로 얘기했다.

한동안 담배를 피우면서 마음을 안정시키고 돌아온 고객은 계약하겠다고 했다. 나의 진심이 통한 것이다. 그렇게 고객과 나는 다시 한 번 신뢰를 쌓을 수 있었고, 이후 나에게 어떤 차량이든 상관없으니까 신차 한 대를 구매하겠다며 계약을 진행하자고 했다. 내 이익을 우선시하지 않고 고객에게 진심을 다해 신뢰를 얻게 되니, 고객이 나를 도와준다는 것을 새삼 느꼈다.

- 08 -

돈은 곧 힘이자 삶의 기반이다

보험에 대한 인식이 바뀌게 된 계기

뇌수막염으로 입원한 지 2일째 되던 새벽이었다. 나는 아무것도 할 수 없었다. 움직이면 척추를 사용하지 못한다고 해서 더욱더 움직이지 않도록 조심했다. 그때 휴대전화 진동이 울렸다. 직업 특성상, 고객에게 연락 오면 바로 응대해 줘야 하기 때문에 휴대전화를 항상 손에 쥐고 다녀야 했다. 하지만 움직일 수 없는 몸 때문에 전화를 받을 수 없었다. 연이어 진동이 울리자 점점 초조해지기 시작했다. 치료를 위해 침대에 누워 있는 순간에도 나는 스트레스를 받고 있었다.

이전에 TV를 통해 스트레스가 우리에게 끼치는 영향에 대해서 다룬 영상을 접한 적이 있다. 스트레스는 심신에 좋지 않다는 내용이었다. 그때만 해도 나는 스트레스를 대수롭지 않게 생각했었다. 하지만 막연하게 생각했던 일을 직접 겪게 되니 항상 조심해야겠다는 생각이 들었다. 그러자 '과연 스트레스를 안 받고 살 수 있을까?'라는 의구심이 들었다.

한참 시간이 흐른 뒤, 누군가가 내 병실 앞에 서 있는 걸 느꼈다. 잠시 뒤 담당 간호사가 이제는 몸을 움직여도 된다고 말해 주었다. 바로 몸을 움직이는 게 쉽지는 않았지만, 이제 편하게 움직여도 된다는

말을 들으니 좀 살 것 같았다. 나는 바로 휴대전화를 확인했다. 어머니, 거래처 등에서 연락이 와 있었다. 물론 돈을 갚으라는 연락도 와 있었다. 몇 시간 사이에 수많은 전화와 메시지가 와 있다는 게 신기할 정도였다. 그렇게 나는 모처럼 병실에서 혼자만의 시간을 갖게 되었다.

하지만 입원비가 신경 쓰여서 마음 편히 누워 있을 수가 없었다.

'내가 너무 비싼 곳에 온 걸까?'

뇌수막염으로 침대에 누워 있는 동안에도 내 머릿속에는 걱정으로 가득했다. 병원비 때문에 고민을 하던 중, 아는 형에게 보험을 들었던 게 갑자기 생각났다. 그래서 바로 형에게 연락했다.

"형, 저 지금 뇌수막염으로 신촌 세브란스 병원에 입원했어요. 제가 지금 보험료 내는 것 중에서 실비 받을 수 있는 거 있죠?"

형은 확인 후에 바로 연락을 준다고 했다.

"종혁아, 너는 보험료도 많이 내고 특약도 들어가 있어. 걱정하지 말고 몸조리나 잘하고 있어. 형이 내일 병원으로 갈게."

무역회사에 다니다가 보험회사로 이직한 형에게 나는 여러 가지 보험을 들었다. 당시 나는 돈벌이가 좋았던 터여서 그리 무리한 건 아니었다. 형의 말을 듣고 나는 마음이 조금 가벼워졌다. 한때 나는 보험을 드는 걸 싫어했다. 지금 나는 건강하고 튼튼한데, 왜 생돈 나가게 보험을 드나 생각했다. 하지만 예상치 못한 상황이 벌어지자 보험은 동아줄과 같은 존재였다. 그제야 왜 사람들이 보험을 드는지 알게 되었다. 그때부터 나는 보험에 대한 인식이 긍정적으로 바뀌게 되었다.

돈에 대한 극과 극의 상황

오랜만에 나는 마음 편히 잠을 잘 수 있었다. 긴장이 풀려서 아침도 먹지 않고 내리 잠만 잤다. 시끄러운 소리에 일어나 보니 형이 내 앞에 앉아 있었다.

"형, 언제 오셨어요? 깨워 주시지 왜 앉아서 기다리고 있었어요?"

형은 방금 왔다며, 푹 자고 있어서 깨울 수가 없었다고 말했다. 형은 어쩌다 이렇게 되었냐며, 나를 마치 어린아이를 대하듯 걱정해 주었다.

"형, 바쁜데 멀리까지 불러서 죄송해요. 형한테 보험을 들어서 정말 다행이에요. 병원비 걱정 없이 편히 치료 받을 수 있어서 잠시나마 행복했어요."

형은 나에게 병원비 걱정은 하지 말고 몸조리 잘하고 퇴원하라며 다독여 주었다.

그러던 중, 이자를 받으려는 친구가 나에게 연락을 해 왔다.

"일 잘하고 있지? 잘되고 있지? 며칠 있다 돈 보내는 거 잊지 말고."

친구는 내가 일을 하고 있는지, 혹여 돈을 못 받을까 봐 우려하고 있었다. 그러다가 갑자기 병원 내에 방송이 나왔다. 친구는 나에게 지금 어디냐고 물었다.

"머리가 아파서 세브란스 병원에 왔는데, 뇌수막염이래. 지금은 괜찮아."

친구는 병실 호수를 알려 달라고 했다. 왜인지 그 친구는 내가 뇌수막염이라고 하니까 직접 눈으로 확인하고 싶어 하는 눈치였다.

돈은 삶을 살아가는 기반이다

돈이란 무엇일까? 사람들은 인생에서 돈이 전부가 아니라고 이야기한다. 돈은 수단일 뿐, 목적이 되어서는 안 된다고 강조한다. 그들의 말이 틀린 것은 아니다. 실제로 인생에서 가장 중요한 가족, 사랑, 마음 등을 돈으로 살 수 없다. 하지만 돈이 없다면 현실에 치여 가족의 사랑을 느끼기도 전에 갈등을 먼저 겪게 될 것이고, 마음을 알아주기 전에 마음 상하는 일이 발생할 것이다. 또한 돈이 많으면 많을수록 지금 하고 있는 걱정의 대부분이 해결될 수 있는 게 현실이다.

돈이 없으면 원치 않는 곳에서 일하게 되거나 시간을 자유롭게 쓸 수 없게 된다. 소중한 것들을 지키기 위해서는 먼저 어느 정도의 돈이 필요하다. 그동안의 내 경험이 이를 증명한다. 이 사회에서 돈은 곧 힘이고, 삶을 살아가는 기반이다.

PART 5

30억 빚을 진 내가 꿈을 꾸는 이유

- 01 -

시련은 변형된 축복이다

스스로 체득한 자동차 영업

자동차 일에 처음 발을 들였을 때, 나에게 업무를 알려 준 사람은 없었다. 각자 스스로 하는 분위기이다 보니 굳이 나를 신경 쓰지 않았다. 그래서 나는 눈치껏 어깨너머로 배웠다. 그러던 어느 날 한 손님이 나에게 찾아왔다. 어머니에게 차를 선물해 드리고 싶다며 LPG 차량을 찾아 달라고 했다. 그래서 나는 손님과 함께 오피러스 차량을 알아보고 차를 보러 갔다. 연식에 비해 주행거리가 짧았고 사고 이력도 없어서 상태가 괜찮았다. 손님은 그 차로 결정했다. 이후 손님은 어머니 앞으로 명의 이전을 하고 나서 나에게 연락을 해 왔다.

손님은 차량 실제 주행거리가 맞는지 확인해 달라고 요청했다. 자동차 검사를 받으러 갔는데, 주행거리가 5년 전에 비해 10만 킬로미터나 차이가 난다는 말을 들었다는 것이다. 나는 이를 확인하기 위해 차량을 구매한 사무실로 찾아갔다.

사무실 실장님은 담당 딜러하고 이야기해 보라며 바쁘다는 식으로 나를 피했다. 나는 담당 딜러에게 연락해서 상황을 설명했다. 그러나 그 딜러는 자기는 모르는 일이라며 바쁘다고 전화를 끊었다. 황당하고 어이가 없어 딜러에게 문자를 보냈다. 경찰서에 가서 고소하겠다는 문자를 보내자 알아서 하라는 답장이 왔다. 나는 그 문자를 보자마자 바로 경찰서로 향했다.

고소장을 접수하고 조사를 받은 뒤, 경찰서를 나왔다. 그리고 손님에게 지금의 상황을 전했다. 며칠이 지나도 경찰서에서 연락이 없자 내가 직접 연락을 했다.

"혹시 언제쯤 알 수 있나요?"

경찰서에서는 사건이 많아 시간이 좀 걸린다는 말을 했다. 그래서 나는 다른 방법을 찾아봤다. 그렇게 이전에 만난 변호사에게 연락을 취했다. 변호사는 자동차 시장에 대해 자세히 알고 있었다. 변호사는 현 상황을 들은 뒤, 어떻게 해결하면 좋을지 그 방법을 알려 주었다. 먼저 차량을 구매했던 상사에게 연락해서 그곳에 있는 모든 차량의 등록증과 성능 기록부를 빼먹지 말고 팩스로 받아 자신에게 가지고

와 달라고 말했다. 그 말을 듣고 나는 바로 실행에 옮겼다.

변호사는 고소장을 접수하고, 나에게 며칠 기다리라고 했다. 며칠 후 담당 딜러에게서 전화가 왔다.

"지금 차들이 전부 압류가 돼 판매할 수 없게 되었습니다. 빨리 이것 좀 풀어 주세요."

나는 오피러스 차량 건이 해결되지 않아서 풀어 줄 수 없다고 말하며 전화를 끊었다. 그 후에도 딜러는 나에게 계속 전화를 해 왔다. 내가 연락을 피하자 이번에는 대표가 나에게 연락을 해서 만나자고 했다. 나는 대표와 만나서 다음과 같이 말했다.

"직원이 오피러스 차량 킬로미터 수를 불법으로 조작해서 팔아 놓고는 알아서 처리하라고 해 압류를 걸었습니다."

대표는 오피러스를 팔았던 딜러에게 연락했고, 나도 그 차를 구입했던 손님에게 연락했다. 그렇게 네 명이 한자리에 모여 합의점을 찾았다. 결국 피해 보상으로 150만 원을 받은 뒤 고소를 취하했다.

시련으로 인해 진정한 행복을 알게 되었다

잘린 나무의 기둥을 보면 나이테가 보인다. 이것은 각 계절별로 나무의 성장 속도가 다르기 때문에 생기는 것이다. 특히 한국처럼 계절의 변화가 뚜렷한 지역에서는 더 뚜렷하게 나타난다. 나무에게 겨울은 힘든 계절일 것이다. 수분이 많이 부족할 뿐 아니라 햇빛이 비추는 시간도 짧기 때문이다. 급기야 기온이 너무 낮아지면 얼어 죽기도 한다. 그러나 겨울이라는 시련을 이겨 낸 나무는 하나의 훈장이 생긴다. 그것이 바로 나이테다. 우리가 흔히 볼 수 있는 나이테는 이렇게 생겨난다.

나는 사람이 사는 것도 나무와 크게 다르지 않다고 생각한다. 평생 고난 속에서 살아야 하는 사람이 있는 반면, 행복한 순간과 힘든 순간이 반복되는 삶을 사는 사람도 있다. 각자 사는 환경에 따라서, 선택에 따라서 고난의 크기와 시간은 다를 것이다. 하지만 분명한 것은 이들 모두 시련을 이겨 내면서, 살아가기 위한 굳은살이 만들어지고 있다는 것이다. 그리고 시련을 겪었기 때문에 비로소 행복이라는 것이 얼마나 고마운 것인지 생각하게 되는 것이다.

내 인생은 가야 할 길이 훨씬 긴 여정이다

"인간은 무엇에나 적응하는 동물이다. 또한 무엇에나 적응할 수 있는 존재이다."

소설 《죄와 벌》로 유명한 러시아 문학의 거장 도스토예프스키의 명언이다. 나는 사람은 어떤 시련을 겪게 되더라도 그것에 적응하여 대응할 방법을 찾을 수 있다고 믿는다. 실제로 나는 지금까지 20억 원이 넘는 금액을 갚으면서도 살아남았다. 파산 신청을 권유하는 주

변 사람들을 뿌리치고, 내 신념을 지키겠다고 다짐했다. 그리고 지금까지 잘 해내고 있다. '만약 그때 내가 파산 신청을 했다면, 지금 나는 어떻게 살고 있었을까?' 물론 빚에 대한 부담감은 줄었을 것이다. 하지만 지금처럼 돈의 무게와 인간관계에 대해서 진지한 고민을 하지 않았을 것 같다. 그리고 나를 믿어 준 사람들을 배신했다는 자괴감에 더욱 괴로웠을 것 같다.

지금까지 잘해 왔다는 것은 앞으로도 잘 해낼 수 있다는 것을 의미한다고 생각한다. 과거의 나는 시련을 기꺼이 받아들이는 선택을 했고, 현재의 나는 빚을 갚아야만 하는 시련을 훌륭히 극복해 가고 있다. 그 과정에서 여러모로 상처를 많이 받았고 고통도 많이 겪었지만, 이 경험이 앞으로의 나를 더욱 강하고 현명하게 만들어 줄 것이라고 믿는다. 또한 나는 내가 진정 하고 싶고, 해야 하는 직업을 찾았다. 과정 없이 무턱대고 좋은 결과만 바라는 것은 나의 욕심이라는 것도 알게 되었다.

나에게 인생은 걸어온 길보다 가야 할 길이 훨씬 긴 여정이다. 내가 지금 겪고 있는 시련들은 앞으로의 나를 위한 수업이라고 생각한다. 그리고 시련은 내가 성장하기 위한 축복이다.

- 02 -

한때 빚이 모든 것을 빼앗아 갔다고 생각했다

내가 포기할 수 없는 이유

대부분의 사람들은 나에게 묻는다. 어떻게 매일 쪽잠을 자며 쉬지 않고 일을 하냐고. 그들의 물음에 나는 "내가 갚아야 할 돈이 있고, 내가 이루고 싶은 꿈이 있어서 남들보다 두 배 이상으로 뛰어야 한다."라고 말한다. 그러면 사람들은 나에게 대단하다며 응원 섞인 칭찬을 해 주었다. 하지만 나는 사람들의 칭찬을 듣기 위해 살아가는 것이 아니다. 나와의 약속, 나를 믿고 큰돈을 빌려준 사람들과의 약속, 그리고 나를 끝까지 믿고 기다려 준 사람들과 어머니, 내 동생을 생각하면, 나는 포기할 수 없다.

정말 힘들었던 시기에 사람들은 욕설과 비난, 협박으로 나를 점점 압박했다. 하지만 그들 중 일부는 따뜻한 말과 함께 끝까지 포기하지 말고 열심히 일해서 돈을 꼭 갚아 달라고 했다. 그 말을 듣는 순간, 나는 '차라리 심한 욕설이라도 해 줬으면 내 마음이 편할 텐데'라고 생각했다. 그 따뜻한 말 한마디가 오히려 나를 더욱 괴롭게 했다.

그 당시, 나를 도와준 동생이 있었다. 동생은 성격이 시원시원해서 만나면 마음이 편하고 힘이 났다.

동생은 매일 나에게 전화를 해서는 "형, 괜찮아?", "힘내.", "오늘은 기분이 어때?" 등등 안부를 물어봐 주었다. 어느 날 나는 동생에게 너무 고마워서 '무언가 해 줄 수 있는 게 없을까?' 하고 생각했다. 내가 동생한테 도움을 줄 수 있는 건 차량을 저렴하게 살 수 있도록 연결해 주는 것밖에 없다는 생각이 들었다. 동생 역시 차를 너무 좋아해서 나에게서 많은 차를 구입했다. 그리고 가끔 수고비까지 현금으로 두둑이 챙겨 주었다.

평생을 두고 미안함과 고마움을 갚아야 할 사람

나는 동생에게 차량을 저렴하게 소개해 주고 싶었다. 그래서 차량 한 대를 봐 두었다. 그 차는 벤츠 'E300 포매틱 익스클루시브'였다. 다른 사람에게 팔면 소개비를 받을 수 있었지만, 나는 동생에게 받기만 한 것이 미안해 이 차를 저렴하게 구해 주고 싶었다. 동생은 소개해 준 차를 구입하기 위해 나에게 현금을 주었다. 나는 그 돈을 가지고 차를 구입하려고 했다. 하지만 이때 문제가 하나 발생했다. 빚에 쫓기는 나에게는 늘 채권자가 붙어 다녔는데, 그날도 역시 갑작스레 그들을 만나야 했다. 당시 내 차 안에는 동생이 준 현금 4,000만 원이 있었다.

역시나 이 돈을 본 채권자들은 나에게 무슨 돈이냐고 물어 왔다. 나는 돈의 주인을 언급하며 내 돈이 아님을 호소했다. 하지만 채권자들은 지금 그 돈을 주면 조금 더 기다릴 의향이 있다고 했다. 그렇게 하지 않으면 자기 방식대로 할 거라며 협박을 했다.

그 상황에서 나는 결국 그 돈을 채권자들에게 주게 되었다. 돌아오는 길 내내 마음이 불편했던 나는 동생에게 어떻게 말을 해야 할지 걱정이 되었다. 시간이 지날수록 불안해지고 괴로웠다. 저녁이 되자 동생에게서 연락이 왔다.

"형, 그 벤츠는 언제 나오는 거야?"

동생의 물음에 나는 무슨 말을 해야 할지 몰라 거짓말을 하게 되었다.

"그 차는 며칠 있다가 나올 거야."

동생은 알았다며 차 나오면 연락을 달라고 하고는 전화를 끊었다. 전화를 끊자마자 나는 어떻게 해야 할지 고민을 했지만, 아무리 생각해 봐도 방법이 없었다. 나는 채권자들에게 전화했다. 그러고는 내가 꼭 갚을 테니 아까 돈은 다시 돌려 달라고 말했다. 하지만 채권자들은 그 동생한테 돈을 천천히 갚겠다고 말하라고 하면서 전화를 끊었

다. 동생에 대한 미안함과 죄책감에 너무 괴로웠다. 그렇게 나는 시간을 미루며 동생에게 계속 변명만 하게 되었다.

시련은 나에게 소중한 사람을 알게 해 주었다

몇 주가 지나자 동생이 연락을 해 왔다.

"형, 무슨 일 있으면 사실대로 말을 해 줘야 내가 도와줄 거 아니야. 괜찮으니까 말해 봐."

동생의 말에 나는 어떤 말도 할 수 없었다. 이내 동생은 "무슨 일 있는 거 맞지?"라고 되물었다. 결국 나는 동생에게 사실대로 털어놓았다. 동생은 내 이야기를 듣고 깜짝 놀라며 한참 동안 말이 없었다. 나를 정말 걱정해 주는 동생에게 지금 내가 무슨 짓을 한 것인지, 정말 죽고 싶을 정도로 괴로웠다. 동생에게 잘못했다고 용서를 구했다. 그렇게 한참 서로 말이 없다가 이내 동생이 입을 열었다.

"처음부터 사실대로 얘기하지. 오늘 친형이 계속 나한테 차 언제 나오는지 물어보는데, 나는 그것도 모르고 오늘이면 나올 거라고 했어. 지금도 형은 내 연락만 계속 기다리고 있을 거야."

나는 계속해서 동생에게 잘못했다고 말하며 용서를 구했다. 반드시 돈을 꼭 갚겠다고 말하자, 동생은 나에게 다음과 같은 말을 해 주었다.

"형, 나는 이 돈 없어도 먹고사니까 괜찮아. 단지 처음부터 솔직히 얘기해 줬으면 상황이 여기까지 오지 않았을 거야. 일단 친형이 기다리고 있으니까 빨리 비슷한 차량 하나 더 알아봐 줘. 그리고 이전에 내가 성공하면 형한테 한번 도움이 되겠다고 말했었잖아. 그 돈은 나한테 안 줘도 되니까 빨리 형이 잘 돼서 채권자들하고 정리했으면 좋겠어."

당시 나는 표현하지 못했지만, 동생에게 너무나도 고마웠다. 내 평생을 두고 은혜를 갚아야 하는 소중한 동생이다. 지금 내 상황이 너무 초라해서 말을 못 했지만, 꼭 빚을 다 갚고 고마움을 표현할 것이다. 한때는 빚이 모든 것을 빼앗아 갔다고 생각했는데, 시련은 나에게 소중하고 고마운 사람들을 알게 해 주었다.

- 03 -

포기하지 않으면
시련도 추억이 된다

꿈과 목표를 만들어 준 은인

생활에 지쳐 삶에 희망이라고는 찾을 수 없던 나에게 꿈과 목표를 만들어 준 사람이 있다. 그는 바로 한책협 김태광 대표 코치다. 그는 나의 스승님이자 멘토이다.

10대 시절의 김태광 대표 코치는 선생님께 혼나고 맞았던 기억밖에 없다. 당시에는 공부와 담을 쌓고, 선생님이 내 주신 숙제를 하는 것보다 안 하고 맞는 게 편했다고 한다. 선생님들은 하나같이 공부를 잘하는 부유한 가정의 아이들에게만 관심을 두었다. 그는 내성적이고 종종 말을 더듬은 탓에 조용히 있는 것을 좋아했다. 집안도 찢어지게 가난해서 남들 다 가지고 있는 논과 밭 한 뙈기가 없었다. 그의 아버지는 남의 논과 밭을 소작료를 주고 부쳤다. 집이 가난해서 큰누나와 작은누나는 상업고등학교에 진학해야 했다. 큰누나는 자발적으로 부산에 있는 경희여자상업고등학교에 들어갔다. 그렇게 누나는 낮에는 신발 공장에서 일하고 야간에는 공부를 했다. 그 모습을 보고 어머니가 많이 우셨다고 한다.

20대 초반의 그는 사회에 나가기 전에 내성적인 성격을 바꿀 필요가 있다고 생각했다. 그래서 생각한 방법이 세일즈에 종사하는 것이었다. 다양한 사람을 상대하면 자연스럽게 말재주가 향상될 것이고, 내성적인 성격을 고칠 수 있다고 생각한 것이다. 그러던 어느 날, 그는 시내에 볼일을 보러 갔다가 우연찮게 롯데카드 가판대를 보게 되었다. 가판대 앞에서 카드 영업을 하는 아주머니가 살갑게 말을 건넸다. 사실 직장도 없었던 그는 신용카드를 만들 수 있는 자격이 안 될 거라고 생각했다. 그가 카드를 만들지 않겠다고 말하자, 이번에는 아르바이트로 신용카드 영업을 해 보지 않겠냐고 물었다. 한 달에 300만 원은 충분히 벌 수 있다는 말에 솔깃했다. 그렇게 그는 카드 영업에 도전해 보기로 했다.

결점을 적극적으로 극복하는 방법

하루는 우연찮게 삼성카드에서 일하는 아주머니를 알게 되었다. 그날 그는 대구시 반월당 백화점에 위치한 삼성 금융프라자 앞에서 롯데카드 영업을 하고 있었다. 그때 그의 근처에서 삼성카드 가판대를 펼쳐 놓고 영업을 하고 있던 아주머니가 다가와 말했다.

"젊은 사람이 정말 열심히 하네. 그런데 롯데카드 한 장 발급하면, 수당이 얼마예요?"

그는 2,000원이라고 말했다. 그러자 아주머니는 화들짝 놀랐다.

"총각, 그 돈 받고 고생만 하네. 차라리 삼성카드에서 일하지 그래요. 카드 하나 발급하면 2만 원이나 주는데…."

카드 한 장에 2만 원이나 준다는 말에 그는 귀를 의심했다. 순간 신세계를 만난 기분이었다. 그래서 그는 바로 롯데카드사 목걸이를 휴지통에 버리고 삼성카드로 갈아타게 되었다. 그리고 짧은 시간에 많은 실적을 올릴 수 있는 방법을 생각했다. 그가 생각한 방법은 여기저기 돌아다니기보다 사람들이 많은 특정 장소에 가서 영업을 하는 거였다. 그게 더 효율적이라고 판단한 것이다. 그는 사내 아침 조회가 끝나면 보험회사가 밀집해 있는 빌딩으로 부리나케 뛰어갔다.

"삼성카드입니다. 삼성카드 없으시면…."

그의 말이 채 끝나기도 전에 사람들은 차갑게 반응했다.

"지금 좀 바빠서요."

"지금 바쁜 거 안 보여요?"

그는 카드 영업을 하면서 하루에도 수십 명에게 외면당했다. 이때의 경험을 통해 그는 고객들에게 거절당하는 것을 절대 창피하게 생각해서는 안 된다는 사실을 깨닫게 되었다. 고객들에게 거절을 당했을 때 창피하게 여긴다면 앞으로 이어질 거절에 대한 두려움 때문에 일을 할 수 없다고 판단한 것이다.

하루는 그가 다니는 대학의 한 후배에게 만나자는 전화가 걸려왔다. 그 후배가 평소 그를 좋아한다는 것을 알고 있던 터라 만나기 싫었지만 이미 약속 시간과 장소를 잡은 이상 그럴 순 없었다. 후배는 헤어지기 전, 그에게 시집 한 권을 건넸다. 이정하 시인이 쓴《너는 눈부시지만 나는 눈물겹다》라는 시집이었다. 그때 그는 그 시집을 읽을수록 가슴이 저미는 감정을 느꼈다.

언젠가부터 그는 시를 분석하며 읽는 습관이 생겼다. 그렇게 시간이 지나면서 그도 시를 쓰고 싶다는 생각을 했다. 그러나 살아오면서 시 한 편을 써 본 적이 없었다. 어떻게 해야 시인이 되는지 몰랐던 그는 여러 시인의 시집을 닥치는 대로 읽고 그들의 시를 베껴 쓰기도 했다. 그렇게 나름대로 연구와 분석을 했다. 시간이 갈수록 시인이 되고 싶다는 생각이 커져 카드 영업을 그만두기로 결심했다. 일을 그만둔 그는 '시인'이라는 꿈을 실현하기 위해 시간과 노력을 쏟았다. 시를 쓸 때만큼은 고통스런 현실 세계와 별개인 세계에서 무한한 상상력을 펼칠 수 있었다. 그는 상상의 세계에 있을 때 세상에서 가장 행복했다. 그 세상에서 그는 가장 아름다운 사람이었다.

이후 그는 서울에 올라와 고시원에서 생활하며 미래를 꿈꿨다. 주식은 라면이 전부였다. 종종 라면에 계란을 넣고 끓여서 고시원의 사장님이나 사모님이 해 놓은 밥을 말아 먹었다. 한 평도 안 되는 고시원 생활은 초라하다 못해 비참했다. 그래도 내일은 오늘보다 더 나아질 거라는 희망으로 견디고 버텼다. 그때는 기자 일을 하며 기본 생활을 했던 그는 그마저도 그만두고 막노동을 시작했다. 막노동에서 주로 했던 일은 신축 아파트 현장에서 쓰레기를 치우거나 파이프나 벽돌을 옮기는 일 등의 잡일이었다. 하루 일하고 받는 일당은 용역 수수료를 떼고 6만 원이었다. 그에게 6만 원은 큰돈이었다. 그렇게 고생을 했지만, 그에게는 살아가게 하는 명확한 목적이 있었다.

그러던 어느 날 그는 지갑을 잃어버렸다. 그리고 누군가가 그의 지갑에 있던 카드로 350만 원을 결제한 사실을 뒤늦게 알게 되었다. 사건이 발생한 지 2개월가량 지나자 채권자들의 추심이 더욱 심해졌다. 하루가 멀다 하고 전화가 걸려 왔다. 남자, 여자 번갈아 가며 독촉했다. 처음 350만 원이던 연체금은 이후 1,000만 원 이상으로 불어나 있었다. 당시 막노동으로 생계를 유지하던 터라 연체금을 여러 개의 카드로 돌려막기를 했기 때문이었다. 결국 그는 작은누나에게 도움을 받아 연체금을 해결했다. 사실 작은누나도 대출을 받아 카드사의 연체금을 해결한 것이었다.

어려운 상황에서도 앞으로 나아가는 힘

그는 막노동을 하면서도 자존감을 잃지 않기 위해 노력했다.

"비록 지금은 돈이 없어 막노동을 하고 있지만 이 일은 내 꿈을 위해 치르는 대가다. 머지않아 내가 꿈을 이룬 순간 지금 하는 일은 더없이 소중한 추억이 될 것이다!"

매일 그는 이 글귀를 되새기며 시련 앞에서도 열정을 유지하기 위해 노력했다. 그 노력은 현재까지 그가 매일 책을 쓰는 습관으로 이어졌다. 그렇게 오래도록 실천한 결과 지금까지 펴낸 저서만 200여 권이며, 책 쓰기 코치로서 900명가량의 작가를 배출했다.

그는 책 쓰기 코치가 될 수 있었던 가장 큰 자양분은 과거 매일 한두 편씩 시를 썼던 습관이라고 말한다. 한때 나보다 더 가난했지만 힘든 상황에서도 포기하지 않은 김태광 대표 코치는 나의 본보기가 되었다.

어려운 상황 속에서도 그에게는 꿈과 목표가 있었고, 그것을 현실로 만들기 위해서 꾸준히 노력했다. 나 역시 현재가 견디기 힘들다는 이유로 미래의 꿈과 목표를 포기하지 않고 더 나은 미래를 만들기 위해서 노력할 것이다. 나의 멘토이자 스승님처럼 멋지게 성공해서 지금의 시간들을 소중한 추억으로 기억할 것이다.

- 04 -

목표와 의지가 나를 일으켜 주었다

현실은 내가 그린 모습과는 너무 달랐다

어제는 저녁까지 링거를 맞고, 경주로 향했다. 밤 10시가 넘어서야 경주에 도착한 나는 고객을 만나 자동차 계약을 성사시켰다. 그리고 다시 돌아온 서울. 시간은 새벽 4시를 넘어가고 있었다. 잠시 눈을 붙인 나는 비몽사몽인 상태에서 억지로 정신을 차렸다. 또 다른 고객과의 약속장소로 향하는 동안에도 쉴 새 없이 전화가 걸려 왔다. 오늘의 약속 장소는 인천지방검찰청 부천지청 앞이었다. 그곳은 이전에 내가 마지막으로 사업을 했던 지역이었다.

그 길을 따라가면서 나는 이전의 기억을 떠올렸다. 당시 나는 사업을 시작할 여건도 안 되면서 무리하게 시작했다. '그때로 시간을 되돌릴 수만 있다면…' 지금 내가 할 수 있는 건 헛된 바람밖에 없었다.

TV에서 연예인 이상민이 했던 말이 떠오른다. 계열사를 포함해 6개의 회사의 최고 경영자였던 이상민은 문어발식으로 사업을 확장했다. 그러다 결국 투자금을 회수하지 못하는 지경에 이르게 되면서 무리하게 지출을 늘렸다. 이내 그에게 위기가 찾아왔다. 그리고 회사가 부도가 나면서 한순간에 사기꾼으로 전락했다. 그의 사례처럼 나도 어느 순간부터 이자와 사무실 비용으로만 월 3,000만 원이 넘는 돈을 지출하고 있었다. 지금 생각해도 미친 짓이다. 이자를 갚기 위해서 죽을 듯이 일했지만, 빚은 오히려 계속 늘어났다.

그 당시 내 눈앞에는 아무것도 보이지 않았다. 단지 내가 할 수 있는 방법은 이 사업밖에 없다고 생각했다. 결국 나에게는 많은 빚이 생겼을 뿐 아니라 몸과 마음이 전부 망가지게 되었다. 무엇보다 소중한 우리 가족의 집마저 헐값에 팔아야만 했다. 이 모든 일은 나의 욕심 때문에 일어났다. 그 와중에 나는 또 돈을 빌려서 사업을 시작했다. 하지만 현실은 내가 그린 모습과는 너무 달랐다. 내 앞에는 상상하지 못할 정도의 미래가 기다리고 있었고, 지금 바닥이라고 생각한 위치 아래에 더 깊은 바닥이 있었다. 나는 죽지 못해 산다는 마음으로 버텼다. 끊임없이 걸려 오는 전화에 환청까지 들리기 시작했다.

매일 나는 꿈을 꾸며 살아간다

나는 TV에서 인터뷰하는 연예인 이상민을 보게 되었다. 그는 과거 뉴스를 통해 자신의 좋지 않은 소식이 보도될 때, 이제 삶은 끝났다고 생각했다. 그러나 그는 어떠한 상황에서도 이겨 내겠다는 마음으로 자존심과 자존감, 자기 철학을 가지고 버티다 보면 분명 기회가 올 것이라고 믿었다고 했다. 그렇게 그는 어려운 상황들을 극복해 당당히 TV 앞에 섰다. 그는 사람들에게 다시 성공하겠다는 마음을 간직하고 지금의 상황을 극복하라고 강조했다. 여전히 그는 빚을 갚기 위해 하루에 3시간 정도밖에 못 자고, 커피에 의지하면서 일정을 소화했다. 나는 그 장면을 보면서 정말 대단하다고 생각했다. 그리고 이상민이 겪은 고통과 좌절이 나와 비슷하다는 생각이 들었다. 그리고 할 수만 있다면 나도 이상민처럼 빨리 빚을 정리하고 싶다는 생각을 했다.

그 역시 많은 빚을 지고 있음에도 불구하고 나처럼 파산 신청을 하지 않았다. 자신을 믿어 준 사람들을 위해 열심히 방송하며 성실히 돈을 갚아 나간다. 비록 그가 빚진 금액과 내가 빚진 금액은 다르지만, 그가 삶을 대하는 태도를 보면서 다시 한 번 부지런히 일해서 하루빨리 지금의 상황에서 벗어나겠다고 다짐했다.

내가 오늘도 하루를 버틸 수 있는 것은 사랑하는 가족들과 나를 믿어 주는 사람들이 있기 때문이다. 매일 죽을 듯이 힘들지만 나는 희망을 품고 꿈을 꾸며 살아간다. 언젠가 이것들이 현실에서 이루어질 것이라 확신하기 때문이다.

나에게는 목표가 있고 의지가 있다

한번은 연예인 이상민이 힘든 시기를 보내고 방송에 복귀하는 심정에 대해 말하는 장면을 보게 되었다. 그는 힘든 시간을 함께 보낸 어머니를 언급했다. 열심히 살다 보니까 이렇게 즐거운 날이 온다며, 그동안 함께 고생하고 버텨 준 어머니께 감사드린다고 말했다. 그 장면을 보며 나 역시 울컥했다. 나는 아무 잘못도 없는 가족이 내 실수로 인

해 함께 고생하며 버텨 주는 것을 떠올리며 그에게 동질감을 느꼈다.

모든 사람이 나를 비난하고 등을 돌릴 때, 어머니는 힘든 내색도 하지 않고 모든 것을 기꺼이 포기하셨다. 그동안 어머니가 얼마나 힘들게 일하시면서 돈을 모으고 집을 샀는지 알기 때문에 더욱더 죄송했다. 이상민의 말대로, 문제를 일으킨 건 나인데 왜 아무 잘못도 없는 가족들이 고통받아야 하는지, 매 순간 내가 너무나 원망스러웠다.

먼 훗날에 지금 이 순간을 추억하며 그동안 고생하신 어머니께 감사하다는 말을 전하고 싶다. 못난 아들을 믿고 적은 돈이라도 보태어 주시는 어머니의 모습을 보면 나는 한순간도 쉴 수 없다.

이상민은 방송을 통해 채권자들에게도 감사의 말을 전했다.

"채권자 여러분들, 저는 돈을 벌지만 구경 한번 해 보지 않습니다. 그 돈들은 모두 여러분들이 가져가십니다. 그럼에도 불구하고 여러분들이 저에게 매달 필요한 만큼 주셔서 생활을 유지할 수 있습니다. 정말로 감사드립니다."

나 역시 매달 힘들게 벌어들인 돈을 구경도 못한 채 채권자들에게 주고 있다. 이런 상황을 겪지 않은 사람들은 절대 이해 못할 것이다. 매일 나는 열심히 일을 하지만, 돈 구경 한번 못한 채 채권자들에게 넘어간다. 그때 돌아오는 허무함이란 이루 말할 수 없다. 하지만 그러한 상황에서도 이상민은 삶에 대해 감사하는 태도를 유지하고 있었다.

나는 지금도 고통스러운 시간을 보내고 있다. 하지만 이상민처럼 어떠한 상황도 이겨 내겠다는 마음으로 버티면 언젠가 극복할 수 있을 거라고 믿는다. 다른 사람들 보란 듯이 다시 성공하겠다는 마음도 잊지 않을 것이다. 매일 바쁘게 살아가는 중에도 나를 믿고 기다려 준 사람들에 대한 고마운 마음을 잊지 않을 것이다. 나는 독촉 전화에 시달리는 순간에도 나를 지탱해 주는 사람들에게 감사함을 느끼며 열심히 일한다.

내게는 빚을 모두 갚고 성공하겠다는 목표가 있다. 그리고 그 목표를 이루기 위해 아무리 힘들고 지쳐도 노력하겠다는 의지가 있다. 언젠가 빚을 모두 갚게 되는 그날, 나는 진심을 담아 말하고 싶다.

"나를 믿고 기다려 줘서 정말 고맙습니다!"

– 05 –

나는 실패를 원동력 삼아 성공할 것이다

부자를 통해 배우는 돈의 개념

15년간 사회생활을 하다 보니 오래된 친구들을 제외하고는 사회 친구들과 더 가깝게 지내게 되었다. 특히 요즘 나는 부자로 살아가는 이들을 자주 만난다. 나는 그들을 만나면서 희망을 찾고, 그들처럼 살아야겠다는 목표가 생겼다. 그래서 부자로 살아가는 사람들의 생활 방식과 사고방식, 가치관 등을 배울 수 있는 기회가 있었다.

로버트 기요사키가 쓴 《부자 아빠 가난한 아빠》는 나에게 돈에 대한 개념을 다시 생각해 볼 수 있는 계기가 되었다. 노동에 대한 대가로 받는 월급을 아끼고 모으며 성실하게 살아가는 것과 돈이 일하게 하는 방법을 배우고 실행하며 좀 더 자유롭게 살아가는 것 중 어느 것이 옳은 선택이라고 단정 지을 수는 없다. 사람마다 돈에 대해 생각하는 관점과 삶의 우선순위가 다르기 때문이다. 나는 돈이 인생의 전부인 것처럼 말하는 책의 내용에 찬성하는 것이 아니다. 하지만 30억이라는 큰돈을 빚지며 살다 보니 돈의 무서움을 누구보다도 절실하게 경험했고, 세상은 성실하게 산다고 해서 모두 안정적인 삶을 살 수 있는 곳이 아니라는 것을 배울 수 있었다. 이 경험을 통해 돈이 인생의 전부인 것은 아니지만 삶에 큰 영향을 끼치는 것은 분명해 보였다.

사실 성실하게 일하고 아껴가며 사는 것이 효율적인 삶이라고 말하는 사람들도 부자가 되어 여유롭게 살고 싶다고 생각할 것이다. 살기 위해서 돈이 필요하다는 것은 부정할 수 없는 현실인 것이다. 평소 나는 돈을 대하는 부자들의 태도를 배운다. 책에서만 볼 수 있는 것들을 직접 만나서 눈으로 보고 귀로 들으며 그들의 가치관을 알아간다. 또한 그들이 생각하는 돈의 개념, 소비 관점, 투자에 대한 생각, 생활 방식 등 세세한 부분까지 파악하게 된다.

나를 살아가게 하는 동력

나는 부자들을 만나 돈에 대한 생각을 바꿀 수 있었지만, 믿었던 사람들에 대한 배신감과 원망은 쉽게 가라앉지 않았다. 오히려 그 감정은 점점 더 커졌다. 고통 속에서 의욕을 잃고, 방황하면서 죽음까지 생각했던 내게 다시 누군가와 어울리는 일이 결코 쉽지 않았다.

이런 내가 변할 수 있도록 용기를 준 사람은 "밥은 먹고 일하는 거냐.", "힘내!"라는 따뜻한 말을 건네준 이들이었다. 그들이 있었기에 지금까지 버틸 수 있었다. 그리고 다시 기운을 내어 사람들을 만날 용기를 얻을 수 있었다. 만약 이 사람들을 만나지 못했더라면, 나는 지금쯤 어떻게 되었을까? 아마 나는 그 고통을 참지 못하고 죽음을 택했거나 아무도 없는 산 속으로 잠적했을지도 모른다.

인생을 살아가면서 진정한 친구 단 한 명만 사귀어도 그 인생은 성공한 것이라고 한다. 그동안 나는 내가 친했다고 생각한 사람이 나에게 등을 돌리기도 모자라 비난하는 것을 경험했다. 반면 생각지도 못한 사람들이 내게 힘을 주고 용기를 주었다. 연이어 발생한 상황들 속에서 많은 사람들이 걸러졌다. 그리고 사람들에 의해 마음이 닫히고 열리기를 여러 번 반복했다. 지금 내 주위에는 나를 살아가게 해주는, 어쩌면 생명의 은인이라고도 말할 수 있는 사람들이 있다.

나는 내가 벌인 일이니 빚을 갚고 살아가는 것은 나 혼자만의 문제라고 생각했다. 그리고 이 모든 것을 내가 수습해야 한다고 생각했다. 그러나 그 고통의 시간을 나 홀로 살아가는 것은 불가능하다는 것을 알게 되었다. 사람들이 건네는 따뜻한 말 한마디가 살아가는 동력이 되고, 그 파급력은 생각보다 컸다.

실패는 소중한 사람들을 남겨 두었다

실패한 경험이 없었다면, 나는 사람들의 소중함을 깨닫지 못했을 것이다. 실패는 나에게 빚만 남겨 준 게 아니었다. 모든 걸 잃고 포기하고 싶은 순간에 소중한 사람들을 남겨 두었다. 그 사람들은 늘 나에게 "밥은 먹었냐?"고 물어본다. "밥은 먹고 다녀라."라는 그 말 한마디가 얼어붙은 내 마음을 녹여 주는 듯했다.

나는 다시 한 번 정신을 차리고 생각했다. 그리고 내가 지금 가장 돈을 많이 벌 수 있는 일을 생각했다. 하지만 아무리 생각해 봐도 내가 할 수 있는 일은 자동차 영업밖에 없었다. 그래서 나는 자존심을 내려놓고 예전에 일했던 사장님들을 찾아갔다. 나는 사장님들께 사정을 설명하며 도와 달라고 요청했다. 그렇게 나는 다시 일을 시작하게 되었다. 그러고는 채권자들에게 돈을 버는 즉시 갚을 테니까 믿어 달라고 부탁했다.

나는 일주일 내내 아침 7시부터 새벽 2시까지 일해 돈을 갚아 나갔다. 힘든 시간들을 떠올리면서 다시는 그러한 잘못을 하지 않겠다고 다짐하면서 성실히 살아갔다. 그리고 나를 일으켜 세워준 사람들을 생각하며 힘을 냈다.

- 06 -

나에게 꿈이 생겼다

한책협을 알고 삶이 변하기 시작했다

내가 분당에 위치한 한책협에 오게 된 것은 책을 쓰기 위해서였다. 이곳에서는 책을 쓰는 일련의 과정을 배우고, 사람들과 용기를 주고받는다. 나와 함께 수업을 듣는 사람들은 저마다의 사연을 소재로 책을 써서 성공하겠다는 생각을 가지고 있었다.

"안녕하세요. 67기 천재 작가 박종혁입니다."

발표 순서가 되어 나는 강의실 앞에 나가 동기들을 향해 인사를 했다. 동기들이 나를 보며 환호성을 질렀다. 일제히 나를 보고 박수를 치는 사람들의 모습을 보고 있자니 오랜만에 떨림과 설렘을 느낄 수 있었다. 순간 나는 '무슨 말을 어떻게 해야 할까? 빚을 지고 갚고 있는 게 자랑거리도 아닌데…'라고 생각했다. 그리고 이내 그곳에 서 있는 내가 부끄럽게 느껴졌다.

결국 나는 사람들 앞에서 지금껏 살아온 이야기를 간략하게 그리고 솔직하게 풀어놓았다. 발표를 마치자 걱정과는 다르게 동기들이 나에게 칭찬과 응원을 해 주었다. 순간 어리둥절해진 나는 창피함이 몰려오는 것을 느꼈다. 다른 사람들은 여유 있게 책을 쓰러 오는데, 나만 일할 시간을 쪼개어 이곳에 앉아 있는 것 같았다.

혼자 안 좋은 생각에 빠져 있던 그때, 김태광 대표 코치님의 목소리가 들렸다. 대표 코치님은 책을 쓰게 된 사연과 지금까지 힘들었던 이야기들을 들려주었다. 가난한 집안 환경, 반에서 꼴찌를 하던 시절, 말을 더듬었던 적이 있었다는 사실까지 털어놓았다. 이어 대표 코치님이 어릴 때의 힘든 시기를 이겨 내고 지금의 위치까지 오르게 된 과정을 들을 수 있었다. 이야기를 듣다 보니 나는 대표 코치님보다 좋은 환경과 조건에서 살았음에도 불구하고 지금의 내 모습이 너무 초라하다고 생각되었다. 그리고 나도 대표 코치님처럼 되겠다는 생각을 하게 되었다.

수업이 끝나고 나는 대표 코치님이 추천해 주신 책과 영상을 보면서 더 강한 의지로 꼭 성공하리라 다짐했다. 김태광 대표 코치님은 다음과 같이 말했다.

"4년제 대학을 나온 것보다 4개월 동안 책을 써서 작가가 되는 게 더 가치 있다."

그리고 시간을 절대 헛되이 쓰지 말라고 당부하셨다. 사실 이 말은 성공한 CEO들이 공통적으로 이야기하는 것이다. 돈보다 중요한 게 시간이다. 나는 대표 코치님의 말을 잊지 않고 열심히 살 것을 다짐했다.

지금 나는 고통스러운 상황을 이겨 내며 살고 있다. 하지만 한책협과 김태광 대표 코치님을 알게 되면서 희망을 보고 꿈을 꾸게 되었다. 그리고 인생을 바꾸는 것은 자신의 의지밖에 없다는 생각을 하게 되었다. 내가 변해야 세상이 변한다. 지금 나는 작가가 되기 위해서 책을 쓰고 있다. 새벽부터 밤늦게까지 일을 하면서도 내가 책을 쓰는 이유는 단 한 가지다. 책을 써서 나의 가치를 올리고, 내가 살아야 하는 의미를 찾으며, 더 열심히 살기 위한 동기를 부여받는 것. 그럼으로써 내 삶의 의미를 생각하게 되고, 삶의 목표와 의지를 찾을 수 있다고 믿는다.

만약 내가 한책협을 알지 못했다면, 지금도 지옥 같은 생활을 하고 있었을 것이다. 희망과 꿈은 생각지도 못하고 오로지 빚에 시달렸을 것이다.

책을 쓰면서 새로운 목표가 생겼다

"하마터면 열심히 살 뻔 했다. 나는 특별하게 살 것이다."

처음 이 문구를 봤을 때 이해할 수 없었다. '열심히 사는 건 좋은 게 아닌가?'라는 생각만 들 뿐이었다. 직장인들은 모두 정신없이 일한다. 하지만 그렇게 열심히 일한 대가는 어떠한가? 평범한 직장인이 받는 월급은 대략 200만~300만 원 정도다.

나는 책이 출간되면, 내 가치가 오를 것이라고 생각한다. 이 생각은 나를 더욱 자신감 있는 사람으로 만들어 준다. 책을 쓰기 전에는 삶이 힘들다는 생각밖에 없었다. 하지만 지금은 부정적인 생각이 줄어들고, 긍정적인 생각이 커졌다. 나는 책을 출간한 이후에도 자동차 영업을 더 열정적으로 할 수 있을 것으로 생각한다. 책을 쓰면서 나의 과거를 돌아본 시간들은 앞으로의 나를 적절한 방향으로 이끌어 주는 계기가 되었다.

나는 내가 살아온 고통의 순간들이 또 다른 고통을 겪고 있는 누군가에게 도움이 될 수 있을 거라고 생각한다. 나는 그들에게 내가 걸어온 길을 얘기해 주며 어떤 부분에서 잘못된 것인지 함께 고민해 주고, 이겨 낼 방법을 찾아봐 주는 그런 사람이 되고 싶다. 그리고 나는 그들이 그토록 치열하게 살아온 시간들에 박수를 쳐 주며 응원을 해 줄 것이다.

김태광 대표 코치님이 나에게 그러했던 것처럼 나도 다른 누군가에게 힘을 주고, 꿈을 꾸게 해 주고 싶다. 대표 코치님이 하시는 말씀을 들으며, 나는 내가 어떻게 살아야 할지, 어떻게 살고 싶은지 고민할 시간이 필요하다는 것을 느꼈다. 그리고 그 과정을 거쳐 사람들이 어떻게 살아야 할지 고민할 때 길을 제시해 주는 사람, 삶을 포기하려는 생각이 드는 순간에 힘을 낼 수 있게 도와주는 사람이 되기로 결심했다.

혹시 지나간 과거에 발목이 잡혀 허공을 맴돌고 있는가? 인생의 방향성을 잃어버렸다면, 010.4085.5117로 연락해도 좋다. 함께 과거와 현재를 고민하며 미래의 방향을 설정하는 데 도움을 줄 것이다. 지금도 늦지 않았다. 나와 함께 앞을 보며 걸어가자.

- 07 -

여전히 나는 살아 있다

한때 현실에서 벗어나게 해 준 것들

사람들은 아침에 눈을 뜨면 어떤 기분일까? 나는 눈을 뜨는 순간 걱정과 근심, 불안으로 머릿속이 무거워진다. 모든 금융기관들이 업무를 시작하는 시간은 아침 9시다. 이 시간부터 본격적으로 불안해지기 시작한다. 그렇게 나는 일거리가 많이 생겨서 돈을 많이 벌었으면 하는 바람으로 일을 시작한다.

사람들은 내가 통화를 끝내면 얼굴빛이 유독 어둡다고 말했다. 죽어 가는 사람 같다고도 했다. 그러면서 그 이유를 물어봤다. 그때마다 나는 늘 아무 일도 아니라고 대답했다. 솔직하게 말하면 스스로를 깎

아내리는 것 같은 기분이 들기 때문이다. 그리고 내 이야기를 들은 사람들이 나를 멀리할까 봐 두렵기 때문이다. 그래서 나는 혼자 앓는다.

내 머릿속은 늘 수많은 생각으로 가득 차 있다. 어떻게 살아가야 할지 도무지 답이 안 나왔다. 오직 잠자는 시간을 줄여 가며 일하는 방법 외에는 다른 방도가 없었다. 마음 같아서는 내 장기라도 팔고 싶었다.

한때 나에게 잠시 현실을 잊게 해 준 것이 있었다. 바로 '로또'와 '영화'다. 나는 일하다가 로또 판매점을 보면 늘 로또를 사곤 했다. 보통 월요일에 로또를 사면 토요일 추첨 시간 전까지 희망이 생겼다. 그러다 토요일 추첨 결과를 보고 나면 아쉬움에 한숨을 내쉬었다.

그리고 나는 상대적으로 독촉 전화가 덜 오는 주말이 되면 영화를 봤다. 내가 영화를 보는 이유는 잠시 현실에서 벗어나 온전히 그 속에 빠져 있을 수 있기 때문이었다. 하지만 영화가 끝난 뒤 마주한 현실은 더욱 냉혹하게 느껴졌다.

힘겨운 삶을 견디며 살아가는 이유

살아 있다는 것은 무엇일까? 오늘은 또 무슨 일이 나를 기다리고 있을지 두렵다. 지금 내가 무엇을 새로 시작하기에는 나이도 무시할 수 없다. 젊다는 것은 무엇을 할 수 있는 시간이 많다는 것을 의미했다. 그저 빚에 쫓기는 사람은 자신을 위해 쓸 수 있는 시간이 많지 않고, 그 기회도 쉽게 주어지지 않는다.

나는 하루빨리 빚을 청산할 것이다. 그리고 주어진 시간을 힘든 시절 함께 견뎌 온 사람들과 보내고 싶다. 삶은 시간으로 이루어져 있다. 만일 자신에게 주어진 시간을 즐거운 마음으로 보내고 있다면 그 사람은 행복한 사람이다. 나는 내게 주어진 시간을 내 의지와는 상관없이 빚을 갚기 위해 보내고 있다. 비록 지금은 돈에 치여 살아가지만, 나는 절대 굴복하지 않을 것이다.

앞으로 어떤 시련이 오더라도 나는 진정한 자유를 얻기 위해 한 걸음씩 나아갈 것이다. 아직 내 심장은 활발하게 뛰고 있다. 나는 마지막 숨이 멈추기 전까지 내게 닥친 시련이나 어려움을 보란 듯이 이겨 내고 행복한 미래를 쟁취할 것이다. 이는 내가 힘겨운 삶을 견디며 살아가는 이유다.

30억 빚을 진 내가 살아가는 이유

초판 1쇄 인쇄 2019년 10월 25일
초판 1쇄 발행 2019년 10월 29일

지 은 이 **박종혁**
펴 낸 이 **권동희**
펴 낸 곳 **위닝북스**
기　　획 **김도사**
책임편집 **박고운**
디 자 인 **이선영**
교정교열 **김진주**
마 케 팅 **포민정**

출판등록 **제312-2012-000040호**
주　　소 **경기도 성남시 분당구 백현로97 다운타운 2층 201호**
전　　화 **070-4024-7286**
이 메 일 **no1_winningbooks@naver.com**
홈페이지 **www.wbooks.co.kr**

ISBN 979-11-6415-042-7 (03810)

이 도서의 국립중앙도서관 출판도서목록(CIP)은 서지정보유통지원시스템 홈페이지(http://seoji.nl.go.kr)와 국가자료공동목록시스템(http://www.nl.go.kr/kolisnet)에서 이용하실 수 있습니다.(CIP제어번호: CIP2019040578)

위닝북스는 독자 여러분의 책에 관한 아이디어와 원고 투고를 설레는 마음으로 기다리고 있습니다. 책으로 엮기를 원하는 아이디어가 있으신 분은 이메일 no1_winningbooks@naver.com으로 간단한 개요와 취지, 연락처 등을 보내주세요. 망설이지 말고 문을 두드리세요. 꿈이 이루어집니다.

※ 책값은 뒤표지에 있습니다.
※ 잘못 만들어진 책은 구입하신 서점에서 교환해 드립니다.